자숙을 강요하는
일본

자숙을 강요하는 일본

이케다 기요히코 지음
김준 옮김

일본

비판이 두려워 생각을 포기한 일본인, 일본 사회

소미미디어
Somy Media

신형 코로나 바이러스에 의한 팬데믹 결과, 세계 경제는 큰 타격을 입었고 동시에 사람들의 본성 또한 적나라하게 노출되었다.

위기에 직면하면 인간은 본성을 드러내는 경우가 많다. 이렇게 말하면 비난받을 것이 뻔하지만 이번 팬데믹 역시 일본인의 본성에서 유발되는 행동의 패턴을 관찰할 수 있는 더할 나위 없이 좋은 기회가 되었다.

우치다 다쓰루가 저서 『원숭이화하는 세계』에서 통렬하게 비판했던 "지금 당장만 괜찮다면, 나만 괜찮다면, 그것으로 만족"하는 일본인들의 본심이 낳은 반작용이겠지만 '정의'의 가면을 쓴 공격성이 재미있을 만큼 잘 드러났다.

실제로 많은 사람들이 '지금 당장만 괜찮다면, 나만 괜찮다면, 아무 상관없다.'라고 생각하더라도 그런 말을 입 밖으로 내는 것은 쉽지 않다. 아무래도 꺼림칙한 감정이 조금은 남아 있기 때문이다. 그렇기 때문에 지금 시대의 분위기에 역행하는 사람들을 찾아내 온갖 욕설을 퍼붓는다. 그렇게 자신은 결코 이기적인 인간이 아니라는 사실을 자기 자신에게 억지로 납득시킴으로써 그 꺼림칙함을 불식시키려고 한다.

신형 코로나 바이러스가 유행할 조짐을 보이던 2020년 2월 하순, 아베 신조는 갑작스럽게 3월 2일부터 임시 휴교에 들어갈 것을 전국의 학교에 요청했다. 아직 감염자 수가 0명이거나 한 자릿수인 현이 많은 시점에 감염 방지책으로는 거의 효과가 없고 맞벌이 가정의 경우 어려움이 클 것이 명확한데도 내려진 대책이었다. 이 조치는 아베 신조가 자신의 인기를 얻기 위한 퍼포먼스에 지나지 않았으며 결과적으로 완전히 실패했다.

나는 트위터로 해당 정책의 어리석음을 지적하는 투고를 몇 번인가 했지만 "아이들이 감염되어 죽기라도 하면 당신이 책임을 질 수 있느냐?" 하는 댓글이 상당히 많이 달려 어이가 없었다. 감염자가 나오지 않은 지방의 학교에 도보로 등하교하고 있다면 감염될 확률은 극히 낮고 감염된다

고 하더라도 아이들은 거의 죽을 가능성은 없으므로 휴교
는 무의미하다는 취지의 발언을 했음에도 아이들은 죽지
않더라도 같이 살고 있는 노인이 감염되면 죽지 않느냐는
억지나 다름없는 댓글이 다시 달렸다. 리스크가 조금이라
도 있으면 안 된다는 것이다.

어떤 경우라도 리스크가 전혀 없을 수는 없음에도 "아이
들의 생명은 반드시 지켜야 한다."라는 유사 정론을 내세워
"어때, 반론 못 하겠지?" 하고 큰 소리로 떠드는 모습은 병
적이라고밖에 생각할 수 없었다.

학교에 갈 것인지 말 것인지는 상부로부터 내려온 지시가
아니라 각 가정의 상황에 맞게 생각하면 되는 것으로 요청
에 따르지 않는 인간을 코로나 바이러스를 확산시키는 범죄
자처럼 배싱(bashing, 공격 혹은 비난이라는 의미)하는 것
은 이상한 일이다. 조부모와 동거하고 있어 감염될 확률이
높다고 생각되면 학교에 가지 않고 자택에서 공부하면 된다.
자택에서 독학하는 쪽이 효율이 좋은 학생들도 많이 있다.

코로나 바이러스 제압에 성공한 타이완의 IT 담당 장관
오드리 탕은 중학교를 중퇴한 후 독학으로 공부하였고 35
세에 타이완 사상 최연소 각료로 발탁되었다. 유감이지만

일본에는 이런 식으로 틀에서 벗어난 사람을 우대하는 토양이 없다. 오드리 탕이 일본에 태어났다면 장관은 고사하고 모두에게 괴롭힘을 당해 비참한 인생을 살았을지도 모른다. 윗사람이 하는 말을 얌전히 듣고 동조 압력에 거역하는 사람들을 다 함께 배싱하는 일본인의 한심한 감성은 어디에서 비롯된 것일까?

 일본은 일단 민주주의 국가를 표방하고 있지만 이 민주주의는 국민이 자력으로 쟁취한 것이 아니라 태평양 전쟁의 패전에 의해 위에서부터 강요당한 것이다. 타이완과 한국은 독재 정권을 국민의 힘으로 쓰러트리고 민주화를 쟁취한 역사가 있으며 이것이 이 두 나라의 국력을 기저에서 지탱하고 있다. 그러므로 이 두 나라에서는 정권의 지지율이 심하게 요동치고 국민에게 버림받으면 정권은 금세 뒤집힌다. 포퓰리즘의 측면도 없지는 않겠지만 대국적으로 보면 국민이 정권을 감시하고 있다고도 말할 수 있다. 그리고 타이완과 한국의 국력은 계속 향상되고 있다.

 한편 일본에서는 8년 가까운 기간이나 아베 정권이 이어졌고 국민의 소득은 점차 낮아져 국민 1인당 GDP도 한국과 거의 비슷한 정도가 되었으며 국력의 저하는 말도 못할 정도다. 이대로 가면 후진국으로의 전락은 피할 수 없을 듯 보인다.

그럼에도 불구하고 국민은 가축처럼 얌전하고 정권을 갈아치우자는 운동은 일어나지 않고 있다. 인터넷에서는 "일본은 멋지다."라는 식의 자기 예찬, 자기만족에 불과한 언설이 넘쳐나며 넷 우익은 혐한을 부채질하는 일에 여념이 없다. 정말 이해가 되지 않는 나라다.

자기보다 뛰어난 인재를 비난하거나 물에 빠진 사람을 못 본 척하는 풍조를 적지 않은 수의 국민이 당연시하는 배경에는 열등감과 질투심이 있는 것은 분명하다. 하지만 이보다 더 근원적인 문제는 교육 시스템의 열화이다.

문부과학성이 교육 제도를 통제함으로써 평준화 교육을 강요하는 현행 제도는 1960년대까지는 적절했을지 모르지만 IT화가 진행되고 다양한 인재가 필요한 사회에서는 완전히 시대착오적인 제도이다. 문부성을 해체한다든지 하는 독한 방법을 취하지 않으면 일본의 국력은 회복하기 어려울 거라는 생각이 든다.

이미 늦었는지도 모르지만 말이다.

제3장 다수파라고 하는 안전지대

제4장 자기 가축화하는 현대인

제5장 분위기에 휩쓸리지 않는 사람이 되기 위해서

제**1**장

리스크 제로 증후군이라고 하는 병

안전보다 안심을 택하는 일본인

중국 후베이성 우한시에서 신형 코로나 바이러스(CO VID-19)의 증례가 최초로 확인된 지 아직 반년 정도밖에 지나지 않았고, 이 바이러스가 미지의 바이러스인 만큼 현 시점에서는 무엇이 맞고 무엇이 틀렸는지는 말할 수 없다. 그러나 이번 팬데믹으로 새삼 알 수 있었던 일본인의 신기한 감성에 대해서는 여러 가지 생각할 거리가 생겼다.

예를 들어 코로나가 국내에서 확산되기 시작했을 무렵 슈퍼와 드럭스토어(drugstore)에서는 사람들이 장사진을 이루면서까지 두루마리 화장지를 매점하려는 현상이 일어났다. 누군가가 SNS에 "마스크와 화장지의 원료는 같다.", "신형 폐렴의 영향으로 화장지가 금후 사라질 것이다." 하고 헛소문을 퍼뜨렸고 그것을 본 사람들이 헛소문을 더욱 확산시킴으로써 가게 앞에 기나긴 줄이 만들어진 것이다. 하지만 그 줄에 서 있던 사람들 모두가 그 헛소문을 믿었을까 생각해보면 아마 그렇지 않을 것이다. 오히려 헛소문임을 아는 사람이 대부분이었을 것이다.

헛소문인 것을 알고 있더라도 자신의 집에 화장지를 사 놓지 않으면 역시 걱정이 되고 우연히 들른 슈퍼에 재고가 있으면 다 팔리기 전에 사게 마련이다. 보통은 한 번에 적당한 양을 구입하면 더 이상은 사지 않지만 그중에는 가게를 돌아다니며 계속해서 화장지를 사들이는 사람도 나온다. 내 친구의 지인 중에도 매점한 화장지를 좁은 방에 높이 쌓아놓은 사람이 있었다 한다.

그렇게 헛소문인 것을 알고 있으면서도 헛소문에 놀아나는 일이 발생한다. 드럭스토어에 매일 아침 줄을 서서 마스크를 사놓으려는 사람도 많이 볼 수 있었지만 마스크를 사려는 행동 또한 화장지를 사는 행동과 같은 이유 때문에 이루어진다. 그것은 바로, 화장지와 마스크를 사놓음으로써 스스로 안심하고 싶기 때문이다. 하지만 사실 '안심'과 '안전'은 완전히 다른 것이다.

이와타 겐타로(고베대학 의학부 감염내과 교수)도 "안전은 중요하지만 안심은 중요하지 않다."라고 말했지만 안전이라는 것은 과학과 관련된 단어고 안심이라는 것은 심리와 관련된 단어다. 안심할 수 있는 존재가 반드시 안전하다고는 말할 수 없다. 그렇지만 일본인이라는 사람들은 "리스크는 이 정도밖에 되지 않습니다."라고 과학적으로 말해도 그것만으로는 움직이지 않는다. 증거를 제시하며 아무리 자세히 설명해도 결국은 안전이 아니라 안심에 움직인다.

러시안 룰렛이라는 게임이 있다. 리볼버 권총에 한 발만 장전한 뒤 탄창을 회전시켜 총알의 위치를 모르게 만든 다음 서로 자신의 머리에 대고 방아쇠를 당기는 게임이다. 탄창에는 보통 총알이 여섯 발 들어가므로 6분의 1의 확률로 죽게 된다. 물론 이런 무서운 게임은 아무도 하려고 하지 않기 마련이지만 확률이 600만 분의 1이라면 어떨까?

나는 자주 학생들에게 "만약 600만 발에 한 발 실탄이 들어 있고 방아쇠를 한 번 당길 때마다 1,000엔을 받을 수 있는 러시안 룰렛이 있다면 너희들은 하겠는가?" 하는 질문을 던진다. 그렇지만 모두들 "하지 않겠다."라고 대답한다. 그렇지만 나라면 할 것이다. 600만 분의 1이라는 확률은 한없이 제로에 가까운 것으로 도로를 걸어가다 갑자기 돌진해온 차에 부딪힐 확률보다도 훨씬 낮다. 방아쇠를 매일 열 번만 당기면 그것만으로도 먹고살 수가 있는 것이다. 그럼에도 학생들은 "혹시라도 죽는 것이 싫다."고들 한다.

학생들이 이렇게 말하는 이유는 리스크가 보이지 않기

때문이다. 자동차가 인도를 덮치는 모습은 눈으로 확인할 수 있지만 러시안 룰렛은 600만 분의 1이든 6분의 1이든 리스크가 보이지 않는다. 확률적으로 무척이나 낮아 걱정할 필요가 없을 만큼 안전하더라도 자신의 불안감을 우선해서 행동하는 것이다. 이처럼 일본인이 가지고 있는 불안한 심리는 외국인과 비교하면 더 큰 것처럼 여겨진다.

리스크 제로는 있을 수 없다

안전보다 안심이라는 것은 무척이나 일본인다운 감성이다. 긴급 사태 선언이 해제되었을 때에도 외출하는 사람은 그다지 급격히 늘지 않았다. 역시나 불안하기 때문일 것이다. 2020년 6월 하순 NHK가 행한 여론 조사에서는 "정부나 지자체가 외출을 금지하거나 휴업을 강제할 수 있도록 법률을 개정하는 일이 필요하다."라고 생각하는 사람이 60퍼센트 이상이었다고 한다. 법 개정이 "필요하지 않다."라고 대답한 사람은 30% 초반밖에 되지 않았다. 그만큼 많은 사람이 안심을 원하고 있다는 뜻이다.

미국이나 유럽은 그런 점에서 일본과는 완전히 다르다. 팬데믹으로 록다운되었다가 해제된 직후의 파리 모습을 TV 중계 화면으로 보았을 뿐이지만, 센강 부근에는 마스크도 하지 않은 사람들이 무척이나 많이들 모여 있었다. 미국에서도 록다운의 해제를 요구하는 데모가 각지에서 일어났다. 하지만 일본에서는 마이너리티(소수파)를 사회가 배싱했다. 게다가 감염 확대를 막기 위해 법 개정이 필요하다고 생각하는 사람이 전체의 3분의 2 가까이 되었다니 얼마나 안심하고 싶은 걸까 하는 생각이 든다.

감염되고 싶지 않으면 다른 사람 행동에 이러쿵저러쿵 말하지 말고 얌전하게 집에 틀어박혀 있으면 된다. 파칭코 가게에 가는 사람들과 서퍼들이 특히 많은 비난을 받았지만 그들이 감염되는 것은 본인들의 책임이고 그런 곳에 가까이 가지 않으면 되는 것이다. 서퍼의 경우 바다에 있으므로 3밀(밀집, 밀접, 밀폐)과는 전혀 관계가 없고 무엇이 문제인지 솔직히 모르겠다. 쉽게 말하자면, 다른 사람들과 같은 행동을 취하지 않는 사람을 괴롭히고 있었던 것뿐이다.

2월 27일 정부가 갑자기 발표한 초중학교 전국 일제 휴교 역시 그 시점에서는 감염자가 발생하지 않은 현도 상당히 있었으므로 일제 휴교를 할 필요는 없었다. 의미가 없었던 것뿐만 아니라, 맞벌이 세대가 제대로 출근하지 못하는 어려움이 있는 만큼 손해 쪽이 컸다. 그러나 일본에서는 그런 의견을 말하는 일 자체가 어렵다.

아베 신조가 전국 일제 휴교 이야기를 꺼냈을 때 나는 트위터에 일제 휴교 따위 하지 않는 편이 낫다고 썼지만

"학교에 갔다가 아이들이 감염되면 어쩔 것이냐?", "당신이 책임질 것이냐?" 하는 댓글이 많이 날아왔다. 감염된다고 해도 아이들은 거의 중증화하지 않으므로 특별한 일은 없을 것이라고 쓰자 "사람의 목숨을 뭐라고 생각하는 것이냐?" 하고 더욱더 시끄럽게 달려든다. 당시 도치기현 모테기 마을의 촌장은 "아동 및 학생들의 정신 위생상 학교에서 지내는 것이 최적"이라며 마을 내 다섯 개 초중학교의 수업을 봄방학이 될 때까지 평소처럼 진행할 것을 결정했지만 이 합리적인 판단도 상당한 비난을 받았다. 일본인은 무엇인가를 한번 결정하면 아무런 도움이 되지 않더라도 모두에게 지키게끔 한다.

여기에는 제로 리스크에 대한 '신앙' 같은 것이 있다고 생각한다. 교육에 의한 것인지 다른 이유 때문인지는 알 수 없지만 일본인에게는 "리스크를 제로로 하고 싶다.", "모든 위험성을 배제하고 싶다."라고 주장하는 사람들을 제어하지 못하는 웃기는 감성이 존재한다.

리스크는 가능한 줄이는 편이 좋고 최악의 사태를 생각하는 것도 필요할지 모르지만 리스크라고 하는 것은 절대 제로는 되지 않는다. 제로 리스크를 추구하면 무한대의 노력을 강요받게 되어 국민의 생활도 경제도 피폐해질 뿐 아니라 아무것도 하지 못하게 될 가능성이 높다. 적당한 선에서 타협해 리스크와 공존할 필요가 있는 것이다.

그러나 일본인은 정부가 외출을 삼가라고 요청하면 90%의 사람들이 바로 바깥에 나가지 않으며 강권적인 조치를 가능하게 만드는 법 개정까지도 바라고 있다. 제로 리스크라고 하는 안심을 위해 많은 사람이 권력자가 시키는 대로하고 있는 셈이다. 이쪽의 리스크가 훨씬 높다고 생각되는데도 말이다.

권력에 농락되는 일본 국민

국민의 약 90%가 정부의 통제에 순종한다는 것은 그만큼 일본에는 관리받고 싶어 하는 사람이 많다는 뜻이다. 이는 전 세계의 나라들, 예를 들어 동아시아만 보아도 조금 특수한 경향이라는 생각이 든다. 한국도 그렇고 타이완도 그렇고 제2차 대전 후 잠시 동안은 군사 독재 정권이 이어졌지만 국민들이 자신의 손으로 체제를 뒤엎은 역사가 있다.

한국의 경우 "독재 정권은 민주화 운동으로 타도한다."라는 것이 국민의 몸에 습관화되어 있다. 대통령이 무엇인가 이상한 짓을 하면 수만 명 규모의 시위가 일어나고 이에 따라 지지율이 단숨에 떨어져 정권이 바뀐다. 그런 까닭에 전두환, 노태우, 김영삼, 김대중, 노무현, 이명박, 박근혜 등 한국의 역대 대통령은 퇴임 후 유죄 판결을 받기도 하고 가족이 탈세나 수뢰로 체포되기도 하는 등 대부분이 비참한 운명에 처했다.

타이완 역시 1987년까지는 세계에서 가장 오래 계엄령이 내려져 있던 나라지만 국민이 스스로 민주적인 정치를 이루었다. 나는 1980년 전후에 자주 타이완에 갔지만 아직 계엄령이 내려져 있던 시대였기에 장제스의 묘 주변에서 곤충을 잡기라도 하면 신고를 받았는지 한밤중에 숙소에 헌병이 찾아오기도 했다. 당시와 비교하면 대만은 무척이나 민주화되었다.

하지만 일본은 자신의 힘으로 정치를 바꾸거나 무엇인가를 쟁취하거나 한 경험이 전혀 없다. 민주주의 역시 미국에게 전쟁에서 진 덕분에 주어진 것이었다. 미국에 점령되지 않았다면 중국 같은 나라가 되었을지도 모른다.

작년에 사망한 가토 노리히로(문예 평론가)는 『이제 곧 찾아올 존황양이 사상을 위해』라는 재미있는 책을 3년 전에 출간했는데 그 책에는 다음과 같은 것이 적혀 있다.

에도 시대에서 메이지 시대가 되려고 하던 막부 말기, 당시의 사람들은 존황양이(尊皇攘夷)라는 기치를 내걸었지만 대정봉환(1867년 에도 막부가 천황에게 국가 통치권을 돌려준 사건)으로 에도 막부가 무너지자 존황개국(尊王開國)으로 집단 전향해버리고 만다. 양이라고 하는 것은 외적을 물리쳐 일본 국내에 들어오지 못하게 하는 것을 뜻하므로 개국을 하게 하면 양이가 되지 않는다. 존황양이를 이야기하던 많은 정부 요인은 아무런 반성도 없이 개국파로 전향했고 외교용 살롱(사교장)인 로쿠메이칸을 건립하여 근대화의 길을 걷게 되었다.

그러나 1930년쯤 대공황이 일어나 일본의 경제 상황이 어려워지게 되자 이번에는 다시 존황양이로 바뀌었다. 그러나 이때의 존황양이는 정치 제제를 뒤엎자는 혁명 사상이었던 메이지 유신 때의 존황양이가 아니라, 국가 권력이 국민을 선동하는 장치로서의 '유사 혁명 사상'이었다는 것이 가토 노리히로의 의견이다.

그리고 1931년 만주 사변, 1939년 노몬한 사건 무렵부터 군국주의가 대두하면서 석유 등의 자원을 확보하기 위해 외국을 침략하였고 만주국을 세우는 등 일본의 영토를 넓혔지만, 그렇게 폭주한 끝에 미국에게 패하고 다시 개국하게 된다.

모든 것은 '자연 현상'

가토 노리히로도 나도 무척이나 의아하게 생각하는 것은 그때 당시 일본인의 감성이다. 일본은 미국에 원폭을 투하당했고 300대가 넘는 B-29의 공습으로 도쿄가 허허벌판이 된 것은 물론 40만 명 이상의 비전투원이 살해당했으므로 보통이라면 국민의 감정이 반미로 흐르는 쪽이 자연스러울 것 같지만 일본인은 무슨 이유인지 반미가 되지 않았다.

히로시마의 평화 기념 공원에 설치된 원폭 사몰자 위령탑에는 "평온하게 잠드시길. 잘못은 되풀이하지 않을 테니"라고 적혀 있지만 원폭은 일본의 잘못이 아니다. 당시 전황을 생각해보면 미국은 원폭을 떨어뜨릴 필요가 없었으며, 솔직히 말해 신형 폭탄의 실험대가 된 것뿐이었다. 당시 일본 정부도 히로시마에 원폭이 투하되고 4일 뒤에 "국제법 및 인도주의적 근본 원칙"을 무시한 것이라고 성명을 발표했다. 하지만 패전 뒤 원폭에 대해서는 아무 말도 하지 않게 되었고 반미 감정도 일어나지 않았다.

아마 미국도 놀랐을 것이다. 특히 연합군 총사령관 맥아더는 일본인이 반미 게릴라를 조직하여 심하게 저항할 것이라 생각했다. 그런 까닭에 맥아더는 천황에게 전쟁의 책임을 묻자고 주장하는 영국과 오스트레일리아 등을 제지하고 일본국 헌법을 만들어 천황을 상징적 존재로 만든 것이다.

사실 맥아더는 일본의 점령 통치를 성공적으로 끝낸 다음 미국 본국으로 귀환하여 군에서 퇴역, 대통령 선거에 출마할 생각이 있었다. 결과적으로 예비 선거에서 패배해 공화당 후보도 되지 못했지만 천황을 전범으로 만들면 귀찮은 일이 일어날 것이라 생각했을 것이다.

그렇게 일본국 헌법만 남았다. 그렇지만 천황을 전범으로 만들었든 만들지 않았든 헌법을 바꾸었든 바꾸지 않았든 결국 일본은 반미 쪽으로는 가지 않았을 거라 생각한다. 왜냐하면 많은 일본인에게 있어 전쟁에 패한 것은 자연 현상에 불과했기 때문이다.

자신의 힘으로 세상을 바꾸었다는 성공 경험이 없으므로 비참하기 짝이 없는 사건이 일어나면 일본인은 "자연 현상이니까 어쩔 수 없다." 하고 포기한다. '귀축미영(마귀와 짐승 같은 미국과 영국이라는 의미)'을 부르짖긴 했지만 이 양이들은 민중의 마음에 깊이 뿌리내린 존재는 아니었다. 그렇기에 패전은 지진이나 태풍과 마찬가지로 자연 현상에 불과했다.

원전 사고가 일어나도 자연 현상, 소비세율이 10%나 올라도 자연 현상이다. 누구나 세금을 많이 내는 것은 싫기 마련이므로 증세를 주장하는 정당과 감세를 주장하는 정당이 있으면 보통은 전자에게는 표를 던지지 않는다. 하지만 증세를 주장하는 정당이 중의원에서 3분의 2라는 의석을 가지고 있으면 상대가 너무 거대하기 때문에 포기하고 만다. 그렇기 때문에 일본에서는 어지간한 일이 아닌 이상 정권 교체 같은 일은 일어나지 않는다. 사람들 머릿속 구조가 그렇게 되고 말았다.

자신의 힘으로 사회 구조를 바꾸어 생활을 보다 좋게 만들겠다는 열정이 없는 까닭에 시스템이 한번 결정되면 그 안에서 어떻게 행동해야 이익이 될까밖에 머릿속에 없다. 일본인 중에 권력에 관리당하고 싶은 사람이 많은 이유는 아마도 그런 이유 때문일 거라 생각한다.

'무종교'라고 하는 특수성

　재미있는 것은 이러한 일본인의 감성이 종교 때문에 만들어진 것이 아니라는 점이다. 제2차 대전 전과 대전 중 국가의 중심에는 천황이 있었고 천황가의 역사는 신화에 의해 장식되어 있었지만 천황제는 종교가 아니다. 오히려 현재는 영국 왕실과 비슷하게 사람들에게 인기 있는 상품에 가깝다.

　한편 기독교나 이슬람교 같은 일신교에는 절대 신이 있으며 이슬람교에는 '인샬라(신의 뜻대로라는 의미)'라고 하는 말이 있다. 얼핏 보기에 인샬라는 자연 현상과 조금 닮은 느낌도 들지만 역시 다른 것이다. 이 일본인 특유의 신기한 감성은 일본에 일신교가 뿌리내리지 않는 점도 관계가 있다.

　아시아에는 일신교를 믿는 나라고 꽤 많이 있으며 한국은 인구의 약 30%, 필리핀은 90% 이상의 사람들이 기독교를 믿는다. 중국에서도 기독교도가 급증한 시기가 있었고 공산당이 교회를 건축법 위반 등의 혐의로 부수는 등 탄압 했지만 종교에는 탄압을 하면 할수록 신자 집단이 커지는 법칙 같은 것이 있으므로 신자가 10% 정도는 있다. 말레이시아와 인도네시아는 이슬람교. 그러므로 아시아 문화 자체가 일신교가 보급되기 어려운 문화는 아니다.

그러나 일본은 불교국도 아니다. 재를 올리거나 성묘 등을 위해 절에 다니기는 하지만 단지 불교식 장례를 치를 뿐 "저는 불교도입니다."라고 말하는 사람은 적다. 일본은 전 세계에서도 무척이나 희귀한 부류에 속하는 무종교 국가로 그것이 일본의 특성이 아닌가 생각한다.

그러므로 모든 것은 삼라만상에 깃든 무수히 많은 신들에 의한 자연 현상으로 받아들이는 것인지도 모른다. 그런 까닭에 메이지 유신이 일어나도 "네에, 그렇군요.", 전쟁에 패배해도 "네에, 그렇군요.", 미국에게 점령당해도 "네에, 그렇군요."가 되고 만다. 만약 헌법이 개정되어 긴급 사태 조항이 추가되거나 뭔가 잘못되어서 일본에 반미 독재 정권이 들어선다고 하더라도 많은 일본인은 "네에, 그렇군요." 하고 그냥 받아들일 것이다.

위에서 결정한 일이기 때문에

많은 일본인이 그런 감성을 가지고 있는 까닭에 일본에서는 위에 선 사람이 책임을 지는 일이 그다지 없다. 그렇게 된 것은 2차 대전 패전 당시 많은 전범에게 책임을 묻지 않았던 사실도 크게 관계가 있다고 생각한다.

B급 전범은 현지에서 많이 살해당했지만 그 위의 사람 중에 처형된 것은 도쿄 재판에서 재판을 받은 A급 전범뿐이었고, 게다가 이들 A급 전범 중 많은 수는 재판에서 "나는 전쟁에 반대했지만 위에서 결정한 이상 어쩔 수 없이 따라야 했다."라고 약속이나 한 듯 똑같이 말했다. 이 "위에서 결정한 이상 어쩔 수 없이"라는 말은 달리 말하면 자연 현상이라는 말과 같다. 자연 현상이기 때문에 어쩔 수 없었다고 그들은 말하고 싶었던 것이다.

노몬한 사건의 참모 쓰지 마사노부도 책임을 지지 않았고, 작전에 참가한 9만 2000명의 병사 중 60% 이상이 전사하거나 병사하여 사상 최악의 작전이라 불리는 임팔 작전의 지휘관 무다구치 렌야도 결국 책임을 지지 않고 77세까지 뻔뻔하게 연명했다.

지금 현재도 주요 부서의 관료들은 전혀 책임을 지려 하지 않지만 이는 위에서 결정한 일을 하고 있을 뿐이므로 자신은 아무 잘못도 없다고 생각하기 때문이다. 그런 시스템이 메이지 시대부터 계속 이어지고 있다.

그렇기 때문에 일본인은 정치 제제가 크게 바뀌어도 놀라지 않으며 반항도 하지 않는다. 극단적으로 말하자면 만약 중국이 침략하여 속국이 된다고 해도 주인님이 미국에서 중국으로 바뀐 것뿐이므로 일본인은 "네에, 그렇군요." 하고 받아들일 거라 생각한다. 아마도 레지스탕스 같은 것은 일어나지 않을 것이고 일본을 되찾겠다고 필사적으로 노력하는 사람도 거의 없을 것이다.

하지만 얼마 전 있었던 홍콩의 데모를 보면 아마도 짐작하겠지만 중국인이라면 엄청나게 저항할 것이다. 일본군이 철수한 다음 일어난 제2차 국공 내전은 3년이나 계속되었고 그 피투성이 전쟁의 결과 장제스가 쫓겨나고 현재의 중국이 탄생했다.

한국도 유혈 사태가 많았고 타이완 같은 곳은 한때 의

회에서 먹살을 잡고 싸우기도 했다. 일본에서는 고성이 오고 가는 일은 그다지 없으며 기껏해야 야유가 일어나는 정도. 대학에서 수업을 해봐도 학생들에게 패기라고는 없고 교수에게 반론을 하는 일도 거의 없다. 자신이 맞다고 생각해도 반론하지 않고 그 자리를 그냥 넘어가는 학생이 많은 것이다. 그쪽이 분명 편하기도 할 테고.

그렇게 생각하면 일본인을 근본적으로 바꾸는 일은 어려울지도 모르겠다. 지금의 지배 계급은 전후 몇십 년 동안 변변찮은 법안만 통과시키면 된다는 것을 경험적으로 배워 왔다. 그러므로 헌법 개정에 관해서도 국민적 논의를 이룰 생각은 하지 않은 채 적당히 숫자로 밀어붙이면 된다고 생각하고 있다. 거짓말이든 뭐든 법안을 통과시키기만 하면 되기 때문이다. 거짓말을 한들 한국이나 타이완과 같은 일은 일어나지 않으므로 이제는 정권이 국민에게 거짓말을 하는 것을 전혀 주저하지 않는다.

'자숙 경찰'이 상징하는 일본인의 감성

하지만 아무리 일본인이 신기한 감성을 가지고 있다고 해도 포기만 해서는 프러스트레이션(frustration, 욕구 불만)이 쌓인다. 그렇기에 괴롭혀도 괜찮은 상대를 찾아내어 공격함으로써 기분 전환을 하려고 한다. 그것이 자숙 기간 중 파칭코를 하는 사람들에 비난, 자숙 경찰, 코로나 환자와 의료 종사자에 대한 희롱, 사망한 여자 프로레슬러 기무라 하나 씨에 대한 비방 등으로 나타난 것이다.

이럴 때 스트레스를 푸는 대상이 되기 쉬운 것은 많은 사람들과 다른 행동을 하는 마이너리티이지만 사실 일본인이 가장 싫어하는 것은 자신은 참고 있는데 즐거운 듯 행동하거나 잘 헤쳐나가는 사람들이다. 자신은 코로나 때문에 일거리가 줄어 해고가 되었는데 옆집에 사는 사람이 돈을 잘 벌면 엄청나게 화가 난다. 이는 질투인 거지만 손정의(소프트뱅크 회장)나 미키타니 히로시(라쿠텐 회장)처럼 큰 부자가 돈을 많이 버는 것은 그다지 신경 쓰지 않는다. 경제 격차가 너무 크기 때문이다.

최근의 사례를 들어보자면 도쿄 고검의 전 검사장이었던 구로가와 히로무가 그 전형적인 예라 할 수 있을 것이다. 원래부터 이 사람은 정권에 순응하는 검찰 간부라는 평가가 많았지만 아베 정권에 꼬리를 흔드는 관료는 그 외에도 많이 존재한다. 검찰관 정년 연장 문제도 아베 정권이 계획한 것이지 구로가와 본인은 관여하지 않았다. 하지만 내기 마작이 발각되어 사임을 할 수밖에 없는 상황에서 처분이 징계가 아닌 퇴직금이 나오는 주의 정도에 그치자 많은 사람의 반감을 샀다. 간단히 말해 "내기 마작을 했는데도 퇴직금을 받다니 발칙하다."라는 것이다.

1000점에 100엔짜리 마작 같은 건 해봤자 사실 큰 액수는 아니다. 주식의 내부 거래로 20억~30억씩 버는 사람 쪽이 훨씬 악당이라 할 수 있다. 하지만 그런 사람들에게는 국민들이 화를 내지 않는다. 20억~30억이나 되는 돈은 본 적이 없으므로, 너무 큰돈이라 리얼리티가 부족하기 때문이다. 그에 비해 구로가와 히로무가 챙긴 5900만 엔의 퇴직금은 많은 사람들이 분노를 터뜨리기 딱 좋은 금액의 돈이다. 그런 의미에서는 완전히 이지메(집단 괴롭힘)라고 할 수 있다.

일본인의 감성이 이상하다고 생각하는 것은 이런 부분이다. 일본이 아닌 다른 나라 사람이라면 검찰관이 내기 마작을 한 정도는 사소한 사건이라고 생각할 것이다. 그런 것보다 국가의 시스템이나 법률이 바뀌거나 할 때 큰 소동이 일어난다. 이는 국가 안전법을 둘러싸고 대규모 폭력 사태가 벌어진 홍콩을 보면 알 수 있다. 하지만 일본인은 나라를 뒤흔드는 커다란 문제에는 반응하지 않는다. 어쩔 수 없다고 생각하고 화도 내지 않는다.

어떻게 생각하든 본말은 반대라고 생각한다. 소비세 인상에 대해서는 불만이 하나도 없으면서 왜 공무원이 퇴직금을 받는 것에 그렇게 떠들어대는 것일까. 긴급 사태 선언 중에 외출하는 사람들에 대해서도 극악무도한 악당처럼 비난하고 이시다 준이치(배우) 역시 무척이나 비난받았지만 그 역시 출발하기 증에 증상이 나타났다면 오키나와에 가지 않았을 것이다.

결국 강한 사람에게는 입을 다물고 괴롭혀도 괜찮을 것 같은 사람을 타깃으로 삼아 모두 함께 철저하게 비난한다. 물에 빠진 개를 몽둥이로 때릴 뿐 아니라 돌마저 던진다. 일본인에게는 이런 국민성이 있다. 그렇게 평소의 프러스트레이션을 해소하는 것이다.

코로나로 알게 된 글로벌리즘의 약점

    이번 코로나 사태로 또 한 가지 알게 된 것은 경제적 합리성만으로는 코로나 같은 위기에 제대로 대처할 수 없다는 점이다. 사실 아베 정권은 한참 전부터 전국에 있는 공적 의료 기관의 통폐합과 병상 수 삭감을 추진했다. 2015년 후생노동성은 "2025년까지 최대 15%를 줄이겠다."라고 목표를 밝히며 중증 환자를 집중 치료하는 고도 급성기 병상 13만 개, 통상적인 구급 의료를 부담하는 급성기 병상 40만 개 등 각각 30%씩 줄이는 방향으로 진행시켰다. 이 방침에 따라 지방 자치 단체에서도 오사카 같은 곳은 엄청나게 병원이 줄었다. 진료 실적이 적어 비효율적인 운영을 하는 병원은 낭비니까 없애자는 식이었다.

    팬데믹 상황에서는 병원과 병상 수가 적으면 의료 붕괴가 일어난다. 또한 코로나 지정 의료 기관이 되면 일반 환자를 받을 수 없게 되므로 원래라면 응급실에서 처치를 받고 입원하면 어떻게든 살 수 있는 사람을 살릴 수 없게 된다.

유럽에서 영국에 이어 두 번째로 죽은 사람이 많은 이탈리아 또한 병상 수 삭감을 진행했다가 의료 붕괴를 일으켰다. 치료를 받지 못한 채 자택에서 사망한 사람이 엄청나게 많다고 한다. 역시 신자유주의적인 경제적 합리성만으로 의료를 운영하는 것인 불가능한 일이다. 의료 그리고 교육은 어느 정도 여유가 있는 상태에서 돌아가게끔 시스템을 최적화시킬 필요가 있다.

그런 까닭에 전 세계는 지금, 이대로 글로벌 캐피털리즘(글로벌 자본주의)을 밀고 나갈 것인가 아니면 글로벌 캐피털리즘을 폐쇄하는 방향으로 진행시킬 것인가 고민하고 있는 것이다.

예를 들어 미국은 의료비가 일본과는 자릿수가 다를 만큼 고액으로 의료 보험에 가입되지 않는 사람의 수도 수천만 명이나 된다. 그런 보험증을 가지고 있지 않은 사람이 코로나에 감염되어 치료를 받는 경우 약 470만 엔에서 약 820만 엔의 자기 부담이 발생할 것으로 예측된다. 어쩌다 병에 걸렸다가는 바로 거액의 빚을 안게 되는 상황이 되고 그대로 수렁에서 벗어나지 못하고 마는 것이다.

그런 의미에서 전 국민 보험 제도가 있는 일본은 혜택을 받는 편이지만 이대로 글로벌 캐피털리즘이 진행되면 일본도 미국처럼 될 가능성이 있다. 그러므로 앞으로 그런 일을 막고 싶어 노력하는 세력과 글로벌 캐피털리즘을 연명시키려는 세력의 충돌이 일어날 것이다.

슈퍼 시티 구상이 지향하는 세계

　그런 까닭에 등장한 것이 '슈퍼 시티' 구상이라고 하는 법안이다. 원격 의료라든지 안전 캐시레스라든지 자동 운전 등등 이런저런 이야기가 많지만 이 구상은 간단히 말해 지자체별로 글로벌 캐피털리즘에 편입시킴으로써 사람의 의지 같은 것과는 관계없이 경제적 합리성만으로 도시를 만들겠다는 것이다. 오사카 쪽이 먼저 나설 것 같지만 이 슈퍼 시티 법안이 긴급 사태 선언 해제 직후에 슬그머니 참의원 회의에서 가결된 것에는 이유가 있다. 코로나 사태를 만나 붕괴 위험성을 감지한 글로벌 캐피털리즘이 당황하고 있다는 증거이기도 하다.

　코로나 때문에 글로벌 캐피털리즘의 전제인 사람과 자원의 이동이 리스크 요인이 되었다. 최근 조금은 나아졌지만 중국에서 자원이 오지 않게 되었고 여러 자원의 가격이 인상되기도 하고 유통이 정체되고 있다. 이런 사실만 보아도 앞으로 전 세계적으로 사람과 자원의 이동이 부자유스러워질 가능성이 있다. 따라서 원격으로 돈을 벌 수 있는 방법을 획책하고 있는 것이다.

일본인의 감성으로는 국민 모두가 가난해지는 것은 아무렇지 않을 것이다. 이미 일본은 글로벌 캐피털리즘에 의해 그렇게 되어 있기도 하다. 30년 전까지의 일본은 아직 1억 인구가 모두 중류라는 느낌이었고 부자의 레벨도 그렇게까지 큰 차이가 있는 것은 아니었지만 아베 신조가 수상에 연임하게 된 이후 최고위 부자의 자산이 3배에서 5배가량 불어났다. 예를 들어 손정의와 야나이 다다시(유니클로 회장)의 자산은 2차 아베 정권이 성립했을 무렵 손정의는 5700억 엔, 야나이는 8700억 엔이었지만 지금은 두 사람 모두 약 3조 엔이다. 최고위 부자만 엄청나게 돈을 벌어들이고 있다.

코로나 뒤의 세계는 더더욱 극히 일부의 부자와 나머지 가난한 사람이라는 식으로 계급이 나뉠지도 모른다. 슈퍼 시티 구상이 진전되면 주민의 목소리는 사라지고 부유층의 생각대로 여러 가지 일이 결정될 것이므로 지금 이상으로 계급 간의 격차가 벌어질 것이다. 지금 그런 시스템을 만들려고 하는 것이다.

그렇게 되면 일본인은 평소처럼 자연 현상이라고 포기하고 부유층이 시키는 대로 할까 아니면 에도 시대의 농민 봉기나 약탈처럼 반기를 들고 사회를 뒤집으려고 할까. 자신의 가족, 고향, 모교 등에 대한 애착에서 비롯된 본래의 토착적인 양이 사상은 과연 일본인의 마음에 얼마나 남아 있는 것일까.

제2장

클레이머와 무책임 사회

3·11과 클레이머

신형 코로나의 감염이 확대되면서 "정부가 아무것도 해주지 않는다.", "PCR 검사를 받을 수 없다.", "마스크를 살 수 없다." 등 공적 기관과 기업에 클레임을 거는 사람들이 대량으로 출현했다. "아베 마스크를 못 받았다." 하고 분노하는 사람까지 있었다. 아베 마스크 같은 건 아베 신조 정도밖에 착용한 사람을 본 적이 없고 그런 것을 받지 못해도 아무 문제가 없을 것 같지만 여하튼 불만이 있으면 선거를 통해 정권을 무너뜨리면 된다.

어쨌건 이런 사람들을 흔히 우리는 클레이머라고 한다. 클레이머 그 자체는 20년 정도 전부터 있었던 것 같지만 확실하게 눈에 띄기 시작한 것은 2011년 3월 11일 있었던 동일본 대지진 때부터인 것 같다. 대피를 한 피난민들이 "모포가 없다.", "마실 물이 없다.", "잘 공간이 부족하다." 하고 도와주는 직원과 자원 봉사자에게 불평을 하고 그다지 피해가 크지 않았던 지역에서도 "전화와 메일이 안 된다.", "미네랄 워터가 다 팔려 어디에도 없다." 등등 많은 사람들이 불평을 늘어놓았다.

팬데믹이나 재해 발생 시 클레이머가 증가하는 것은 당연하다. 철학자 와시다 기요카즈는 근대화란 생활에 꼭 필요한 인프라를 모두 다른 사람에게 맡기는 프로세스라고 말했지만 여기서 말하는 '다른 사람'이란 국가나 지방 자치단체, 물품과 서비스를 제공하는 기업을 말한다. 현대인은 물도 식품도 에너지도 모든 것을 돈을 지불함으로써 그것을 다른 사람으로부터 제공받는 시스템 속에서 산다. 커다란 재해 등이 일어나 물이나 전기의 공급이 끊어지면 자력으로는 생활할 수 없다.

근대화되기 이전은 수도나 전기 같은 것은 없었다. 물은 스스로 우물을 팠고 재해가 일어나면 또 다른 적당한 곳을 찾아 모두 함께 팠다. 그렇게 자신의 힘으로 어떻게든 살았다. 근대 수도 인프라 정비가 도쿄에서 시작된 것은 메이지 시대로 그때부터 쇼와 시대에 걸쳐 확장 공사가 진행되고 정수장이 만들어졌지만 내가 어렸을 때는 아직 집에 우물이 있었다. 지금도 도쿄도 수도국에서 물을 공급받지 못하는 지자체가 몇 군데인가 있다. 그중 한 곳은 도서부를 제외하면 도쿄에서 유일한 촌인 히노하라촌이고 그곳뿐 아니라 무사시노시와 하무라시, 아키시마시 역시 각각 독자적으로 깨끗한 물을 공급하고 있다.

전기는 그러기가 어렵지만 예전에는 전기 역시 그렇게 의존하지 않았다. 동남아시아는 지금도 그런 지역이 많이 존재한다. 20년 전 베트남에 곤충을 채집하러 갔을 때는 밤 9시가 되면 전기가 끊어졌다. 그래도 냉장고 등이 없으니까 전혀 곤란한 일이 없었다. 이런, 또 끊어졌네 하고 생각하기만 할 뿐. 10년 전 친구 몇 명과 라오스의 깊은 산속에 곤충을 채집하러 갔을 때에도 그곳 마을에는 수도도 전기도 없었지만 마을 사람들은 작은 강을 이용해 수차를 돌렸고 그것으로 알전구에 불을 밝히고 있었다. 즉 소규모 수력 발전을 하고 있었던 셈이다. 물은 산에서 파이프로 끌어와 공동으로 사용하고 있었다.

우물이나 물도 그렇지만 공동체는 그렇게 서로 돕기 위해 존재하는 것이다. 무엇인가 곤란한 일이 생기면 주민들끼리 협력하지 않으면 안 되는 일이 있다. 그러나 지금은 공동체가 있어도 우물을 파는 지식이나 기술을 가진 사람이 없으므로 물이 나오지 않으면 수도국에 전화를 하는 방법밖에 없다. 전기 역시 정전이 하루만 지속되어도 냉장고 안 음식이 썩고 스마트폰 충전도 할 수 없어 곤란하므로 불만의 창끝이 전기 회사로 향한다.

그렇게 현대인은 물도 식료품도 인프라도 모두 다른 사람에게 의존해 살고 있다. 혼자 힘으로는 살 수 없으므로 공급이 끊어지면 공급처에 클레임을 거는 수밖에 없다. 물이 없으면 수도국에 클레임을 걸고 전기가 끊어지면 전기 회사에 클레임을 건다. 현대인은 불만을 말하는 것밖에 할 수 있는 게 없다는 것이 동일본 대지진 때 잘 알 수 있었다. 클레이머의 존재가 크게 문제가 되기 시작한 것은 그때부터라고 생각한다.

'정론'과 '정의'의 폭주

대지진 이전에는 일대일로 공공 기관이나 기업에 불만을 말하는 경우는 그다지 존재하지 않았다. 하지만 대지진 당시 공급처에 모두 다 함께 비난한 경험을 통해 클레임이 습관화되었고 무엇인가 권리 같은 것이 되었다.

개인 간의 일대일 관계였다면 상대가 욕을 해도 "당신과는 더 이상 말하지 않겠다."라는 말로 관계를 끝낼 수 있지만 인프라를 담당하는 대기업이나 지방 자치 단체는 아무리 클레임을 걸어도 "시끄러워, 당신과는 계약 안 해."라고는 절대 말할 수 없다.

무엇인가 불만이 있으면 클레임을 걸고 불만을 말하면 상대방이 무엇인가 해준다. 대지진 당시 그런 '성공 체험'을 얻은 후 클레이머는 계속 증가했고 현재에 이르렀다.

그 결과 클레임이 일반화되었고 지금은 극히 평범한 사람도 당연한 것처럼 불만을 말하기 시작했다. 그럴 때 그들이 반드시 내거는 것이 바로 '정론'과 '정의'다.

예를 들어 국민에게 10만 엔씩의 지원금을 주겠다, 지역 자치 단체의 창구에 5월 중에 내려보내겠다, 하고 정부가 이야기했다고 하자. 하지만 6월이 되어서도 돈이 들어오지 않으면 클레이머들은 지자체에 전화하여 "5월 중에 주겠다고 했지 않느냐. 어떻게 된 거냐." 하고 불평을 하지만 담당자는 "죄송합니다." 하고 계속 사과하는 수밖에 없다. 지급이 늦어진 것은 사실이기 때문이다.

이처럼 많은 사람들은 자신이 옳다고 생각하는 일에는 클레임을 걸어도 된다고 생각하고 있다. 상대방이 반론할 수 없는 클레임이라 생각되면 얼마든지 불평을 하는 것이다.

그렇게 해서 어떤 결과가 나왔는가 하면 무사안일주의의 만연이다. 집단 괴롭힘에 의한 자살이 일어나면 보호자와 언론에서 학교를 비난하고 교장이 나타나 "정말 죄송합니다. 있어서는 안 될 일이 발생했습니다."라고 말한다. 사실 이 '있어서는 안 될 일'이라는 것이 문제로 '없었던 일'이라면 어쩔 수 없지만 '있어서는 안 될 일'이라고 해도 '발생한 일'이라면 무엇인가 원인이 있을 것이다. 당연히 집단 괴롭힘으로 인한 자살이므로 원인도 있을 것이지만 사방으로부터 집중포화를 맞고 있는 까닭에 학교 측도 원인 규명은 방치하고 일단 사과부터 해서 넘기려고 한다. 폭풍이 지나가길 기다리는 풍조가 생겨난 것이다.

그 결과 아무것도 개선되지 않고 조금도 좋아지지 않는다. "정말 죄송합니다. 제 책임입니다."라고 사과하면 두 달 후에는 비난을 하는 사람도 사라지고 폭풍도 잠잠해진다.

아베 신조도 무슨 문제가 발생하면 "내 책임이다.", "책임을 통감한다."라고 하지만 책임을 진 적은 한 번도 없다. "책임을 통감한다."라고 말하면 조만간 세상이 잊을 것이라고 생각하는 것이다. 이렇게 대지진 이후 일단 사과하고 폭풍이 지나가기를 기다리는 식의 일들이 계속 이어지고 있다.

사죄시키고 싶은 사람들

공적 기관이나 기업이 바로 사과하는 현상 역시 클레이머의 성공 체험이 되면서 최근에는 상대방에게 사과시키는 일이 주된 목적이 된 것 같은 기분이 든다. 물론 클레이머 쪽도 상대의 사회적 지위나 캐릭터를 보고 거기에 맞춰 클레임을 걸 상대를 고른다.

예를 들자면 슈퍼마켓이나 편의점 직원은 약한 입장인 사람의 전형적인 예로 스트레스 발산을 위해서인지는 모르겠으나 클레이머는 그들에게는 항상 말도 안 되는 클레임을 걸고 있다. 그러나 그런 이상한 손님에게 점원이 "두 번 다시 오지 마." 하고 화를 내는 일은 거의 없다.

특히 대형 점포의 점원은 무슨 말을 하건 자기 자신이 클레임을 당하는 것이 아니기 때문에 꾸벅꾸벅 머리를 숙이며 사과해서 그 자리를 넘기려고 한다. 그렇게 바로 사과를 하기 때문에 클레이머 입장에서는 클레임을 걸기 더 쉬워지고 더욱 더 클레임이 증가하는 악순환에 빠진다.

연예인처럼 인기로 먹고사는 사람 또한 클레임에 약하다. 이미지가 자신의 수입에 직결된 탓에 불륜 같은 부정적인 인상이 만들어지면 곤란하다. CF 하나로 2000만 엔이나 3000만 엔을 버는 사람은 대응을 잘못하여 CF를 못 하게 되면 수입이 급감하므로 당연히 큰일일 수밖에 없다. 그렇기 때문에 비합리적인 클레임이나 배상이라고 해도 적당한 선에서 사죄하는 편이 이익이라는 판단을 할 수 있다.

연예인이 조금이라도 뭔가를 잘못하면 모두 함께 비난하고 CF 광고주인 대기업에 클레임 전화를 하는 것은 사과할 것 같기 때문이다. 사죄 회견을 열게 해서 '쌤통이다.' 생각하고 싶기 때문이다.

대부분의 연예인은 소속사에 속해 있기 때문에 인기가 조금이라도 있는 사람은 회사의 뜻을 따르지 않으면 안 된다. 결혼 역시 자신의 의지로 결정할 수 없고 많은 규정으로 노예처럼 생활하는 사람도 있을 것이다. 연기자의 이미지 역시 소속사에 의해 만들어지고 "당신은 사람들이 청순파로 생각하니까 스캔들을 일으키면 오퍼가 오지 않게 된다. 사생활에서도 청순파답게 행동하라."라는 지시를 받으므로 본인 역시 그 이미지에서 벗어나기 어렵다.

그렇게 되면 무엇이 '자신이 하고 싶은 일'인지도 알 수 없게 되고 24시간 계속 연기만 해야 하는 상태가 된다. 무척이나 힘들 수밖에 없다. 가끔 엄청나게 인기가 많은 연예인이 갑자기 이유도 없이 은퇴하는 경우도 있지만 연예 활동으로 돈을 벌어 그 돈으로 어느 정도 생활할 수만 있다면 더 이상 무리해서 세상에 얼굴이 노출된 채 살아갈 필요는 없다. 은퇴하고 원하는 것을 하면서 살아도 된다는 것을 깨닫는 것이다.

이런 연기자로서의 이미지 때문에 속박된 연예인도 클레이머의 클레임 대상이 되기 쉽다. 물론 그런 클레임에 분노하여 사죄 회견 같은 건 하지 않고 그대로 은퇴한 연예인도 있다.

반대로 사회적 입장이 약한 사람, 이미지를 신경 쓸 필요가 없는 사람은 클레이머가 뭐라고 하든 그 때문에 일감이 줄어드는 것은 아니므로 "닥쳐." 하고 반격할 수 있다. 예를 들어 주식 거래로 연간 몇억 엔씩 버는 사람은 불륜으로 비난을 받더라도 누구에게도 사과할 필요는 없다. 범죄만 저지르지 않는다면 누가 어떤 클레임을 제기해도 마이동풍으로 있을 수 있다.

그리고 무서운 얼굴을 한 위험한 사람, 비난을 하면 거꾸로 화를 내며 때리려고 할 것 같은 타입의 사람도 클레이머는 피한다. 5월 하순 도쿄 오다구의 도로에서 벤츠를 난폭 운전해 보행자를 죽인 여성이 있었다. 이 사람은 평소 여러 가지 기행을 일으켜 주민들과 마찰이 많았지만 이런 사람은 어지간한 클레임 정도로는 행동을 멈추려고 하지 않는다. 모두들 하지 말라고 불평을 한 모양이지만 경찰도 명백한 범죄 행위가 아닌 이상 움직이지 않으므로 그 정도의 비난으로는 아무것도 바꿀 수 없었다. 이런 종류의 사람은 어떤 의미에서는 무적이라 할 수 있으며 클레이머들 역시 두 손을 들 수밖에 없다.

인터넷에서도 마찬가지라 할 수 있다. 트위터에서는 무엇인가 사고를 친 뒤 변명을 하면 불에 기름을 부은 듯 많은 사람들로부터 매도의 비난이 쏟아지지만 반응하지 않으면 상대방도 재미가 없으므로 2주 정도면 아무런 말도 나오지 않게 된다. 혹은 "시끄러워, 바보 같은 놈." 하고 오히려 화를 내면 클레임은 그다지 오지 않는다. 나는 귀찮으므로 바보 같은 사람은 전부 블록하지만 결국 인터넷에서도 현실 사회에서도 이쪽이 어설프게 나오면 나올수록 클레이머가 증가하는 구조이다. 클레이머를 상대로는 사회적 위치가 약점이 되는 것이다.

SNS에서 사라진 논단 문화

정보 사회가 되고 SNS와 익명 미디어가 눈부시게 발달하면서 누구에 대해서든 쉽게 의견을 말할 수 있게 되었다. 그리고 이를 통해 평소의 울분을 풀고 싶어 하는 사람도 생기기 시작했다.

옛날에는 사회에 무엇인가 이야기하고 싶은 경우 신문에 투서하는 정도밖에 방법이 없었다. 그렇지만 지금은 트위터에 페이스북, 익명 게시판, 야후 뉴스의 코멘트 등 투서보다 간단히 의견을 말할 수 있는 장소가 있다. 그리고 그런 발언에 많은 사람들이 '좋아요'를 눌러주면 본인이 사회에 인정받는 것처럼 착각할 수도 있다.

사회적인 힘이 전혀 없는 보통 사람에게는 그렇게 많은 사람에게 주목받을 수 있는 기회 같은 건 거의 없다. 자신의 발언에 유명인의 트윗과 비슷하게 '좋아요'가 달리면 실제로는 아니지만 유명인과 동등하게 된 것 같은 기분이 든다. 트위트와 페이스북은 그런 식으로 사람을 착각하게 만듦으로써 돈을 벌고 있다.

하지만 당연한 말이지만 트위터에서 다소의 '좋아요'가 달린다고 해도 그런 건 거의 의미가 없다. 트위터는 한 번의 투고에 적을 수 있는 글자 수가 140자로 제한되어 있지만 140자로 무엇인가를 말해 주목을 모으려고 하면 아무래도 단정적이 되거나 정서적이 된다. 원래라면 "왜 그렇게 생각하는가."라는 근거를 제시해야 되지만 그런 짓을 하다 보면 140자로는 정리할 수 없다. 그러므로 트위터 언설이라는 것은 거의 감성적이며 그런 짧은 문장을 아무리 열심히 써본들 많은 도움은 되지 않는다.

다름대로 지적 레벨이 높은 사람은 어느 정도 길고 합리성이 있는 문장 외에는 쓰레기라고 생각한다. 무엇인가에 대해 자신의 생각을 표명하고 싶다면 "이것 틀림없이 이런 것일 것이다."라는 가설을 세운 뒤 자신만의 독자적인 결론을 이끌어내기 위해 정보를 모으고 근거를 찾아서 그것을 문장으로 정리해야 한다.

10여 년 전까지만 해도 논단이라고 하는 언론 문화가 있었고 논단을 형성했던 조금 보수적인 잡지, 오피니언지 등이 있었다. 거기에 식견을 가진 평론가와 학자, 저널리스트

가 어느 정도 긴 문장을 쓰면 그것을 보고 의견을 다투고
는 했다. 누군가 특정한 주제에 대해 쓰면 그 글에 대한 반
론을 다음 달호에 누군가가 썼다. 그런 가운데 "이 사람은
좌익 성향이지만 논거는 있다.", "이 사람은 우익 같지만 나
름대로 논리가 맞다.", "이 사람은 말하는 게 지리멸렬한 것
이 바보다." 등의 사실을 저절로 알 수 있었다.

지금은 잡지 자체가 사양화되면서 오피니언지는 거의 망
하고 말았다. 1980년대 초에 뉴 아카데미즘 붐을 일으켰던
'겐다이시소(現代思想)'가 겨우겨우 유지되고 있지만 이미
그런 잡지를 보는 사람은 거의 사라지고 말았다. SNS에 전
부 흡수된 것이다. 논단이 굉장히 열화되어 대중화한 것이
SNS라고 나는 생각한다.

클레이머라고 하는 존재는 노력을 하지 않는 사람

SNS에서 '좋아요를 '원하는 사람과 클레이머는 많이 닮았다. 인간은 누구든 인정받고 싶은 욕망이 있지만 그 욕망을 충족하기 위해서는 역시 나름대로 인간이 될 필요가 있다.

옛날 같았으면 회화 서클에서 그림을 가장 잘 그리는 사람이나 그렇지는 못하더라도 선생님에게 칭찬받는 수준이 되어야 친구들에게도 인정받았다. 글을 쓰고 싶다면 문예잡지나 소설지 신인상에 응모했다. 입선하면 다른 사람에게도 인정받았고 당연히 자기 자신도 즐거웠다. 나오키상 같은 엔터테인먼트 계열이라면 그쪽 세계에서 먹고살 가능성도 있었다. 인정받는 욕망을 채우면 동시에 돈을 버는 기회도 따라왔던 것이다.

지금 열심히 SNS를 하는 사람의 대다수는 인정받기 위한 노력을 하지 않는다. 노력은 하지 않으면서도 인정받고 싶다는 욕망은 강하다. 그런 가장 전형적인 예가 SNS라 할 수 있다.

확실히 SNS에서 돈을 잘 버는 사람도 있다. 그렇지만 그런 사람은 자신의 인정 욕구를 조금 채웠다고 기뻐만 하지는 않는다. 역시 나름대로의 지성이 있고 스킬을 닦기 위한 노력을 한다. 설득력이 있는 언설로 사람들의 주목을 모으고 그렇기 때문에 스폰서를 획득하기도 한다. 고객을 모아 팔로우 수를 만 단위 정도로 하기 위해서는 다른 사람과 같은 글을 써서는 안 되는 것이다.

유튜버도 많이 먹기나 몰래 카메라 같은 시시한 것만 하고 있지만 지금은 경쟁 상대가 엄청 많으므로 등록자 수나 재생 횟수가 많은 사람은 상당히 노력을 할 거라 생각한다. 어떤 기획을 어떻게 보여야 시청자가 기뻐할지, 팬이 늘어날지 말이다. 기자재에도 투자하고 영상 편집을 배우고 재미있는 것을 끊임없이 추구해야 한다. 이러한 노력들은 나같은 문필가가 해온 것과는 완전히 다르지만 그래도 역시 노력을 하지 않으면 돈을 벌 수는 없다.

주식 투자 역시 평균적으로 상당한 금액의 돈을 버는 사람은 경제 정세를 조사하고 차트를 분석하며 막대한 양의 트라이 앤드 에러를 반복한다. 그렇게 자신만의 메소드를 개발했기 때문에 돈을 벌 수 있는 것이다. 어느 분야에서든 모두 마찬가지다.

하지만 클레이머는 그저 SNS로 다른 사람을 모함하고 비난을 하고 있을 뿐이므로 인정 욕구는 다소 채울지 몰라도 그 행위가 전혀 돈을 버는 것과는 이어지지 않는다. 아무리 불평을 하더라도 돈은 전혀 벌지 못하므로 이번에는 그 사실이 스트레스가 된다. 어떤 사람은 재미없는 말을 하면서도 많은 돈을 버는데 왜 자신은 이렇게 많이 써도 돈을 벌지 못할까 하고 말이다. 그렇게 점점 더 클레이머화된다. 클레이머라고 하는 존재는 노력을 하지 않는 사람이기도 한 것이다.

고이케 유리코와 클레이머의 공통점

고이케 유리코가 도쿄도 지사로 재선되었지만 고이케도 어떤 의미에서는 클레이머와 비슷하다고 생각한다. 2016년의 지난 도지사 선거에서 그는 '7가지 제로'라고 해서 만원 전차 제로, 대기 아동 제로, 잔업 제로, 간병 이직 제로, 도로 전주 제로, 다마시 격차 제로 등 다수의 선거 공약을 내걸었지만 어디까지나 선거용이었을 뿐 선거가 끝난 뒤에는 전부 휴지조각이 되고 말았다.

'전주 제로'를 예로 들어보겠다. 지자체 도로의 무전주화를 공약으로 한 것이었지만 모든 전주를 땅속에 묻게 되면 얼마나 많은 돈이 들까. 그 문제를 생각하면 이런 것은 절대 공약으로 걸어서는 안 된다.

가능하지도 않은 일을 약속하여 당장의 선거에서는 승리하지만 그 뒤로는 아무것도 하지 않는다. 이런 방식은 클레이머와 다를 게 없다고 생각한다. 클레이머들도 클레임을 걸면서 "어떻게든 하라."라고 요구하지만 그 클레임에 대해 아무도 책임을 지지 않는다. SNS를 통해 이런저런 불평을 많이들 하지만 그것은 인터넷상에 있는 사람들의 반응을 떠보기 위한 것일 경우가 많고 사람들이 "맞아, 맞아."라고 천성해주거나 "와아, 재밌다."라고 좋아해준다면 그것으로 만족하는 것이다.

정치가의 발언 역시 그와 비슷하다. 선거 공약이라는 것은 당선 후에 실행하겠다는 유권자와 약속한 정책이므로 예전에는 공약을 위반하면 국회나 언론에서 비난받았다. 민주당 정권의 매니페스토 달성도도 30% 정도였던 만큼 무척이나 호된 비판을 받았다.

하지만 최근에는 공약을 위반해도 아무도 아무 말을 하지 않는다. 정치가는 공약에 실현 가능성과 달성 시기를 명기하지 않음으로써 최대한 내용을 애매하게 만들었다. 처음부터 유권자들의 반응이 좋을 것들만 늘어놓은 것이었다.

고이케 유리코처럼 전주를 모두 지하에 묻겠다, 도쿄 거리를 깨끗하게 만들겠다 하면 역시 "와아!" 하고 감탄할 수밖에 없다. 예산이 몇조 엔 규모가 되는 만큼 아마 본인도 어려울 거라 생각했겠지만 실현 가능한지 아닌지는 아무래도 좋았던 것이다.

아베 신조도 코로나 관련 경제 대책으로 처음에는 수입이 줄어든 세대에 30만 엔을 지급하겠다고 했지만 그것이 도중에 전 주민에게 일률적으로 10만 엔을 주는 것으로 바뀌었다. 하기야 조건 없이 10만 엔을 준다면 막 태어난 신생아도 10만 엔을 받을 것이고 5인 가족이라면 합계 50만 엔이 되니 반응이 좋았다.

그러나 고이케 유리코와 마찬가지로 이 역시 일본 경제가 받은 타격이나 거기에 대한 지원금의 효과 등은 전혀 고려하지 않았다. 역시나 단순한 포퓰리즘이었던 것이다. 지금 이런 사람이 정치가 중에 정말 많이 늘고 있다. 많은 사람에게 인기가 좋겠지만 자신의 발언에 책임은 지지 않는 그들의 모습은 그야말로 클레이머와 다르지 않은 것이다.

왜 불륜은 배싱당하는 것일까?

　이번 장 가장 앞부분에서 클레이머는 정론과 정의를 내세운다고 적었지만 불륜 배싱은 그야말로 그 전형적인 예로 일본은 특히 불륜에 대해 시끄럽다. 연예인의 불륜이 밝혀지면 엄청난 악인인 것처럼 사회 전체가 비난하고 몇십 대나 되는 카메라 앞에서 "여러분, 정말 죄송합니다." 하고 머리를 숙일 것을 강요한다. 그렇게 한들 바로 용서해주지 않고 잠시 동안 TV에서 사라져야 하는 일이 많다.

　다른 나라 특히 이탈리아 같은 곳은 불륜을 하는 사람이 너무 많기 때문에 유명한 사람이 불륜을 하더라도 아무도 비난을 하지 않고 스캔들도 되지 않는다. 다른 사람의 불륜에는 흥미가 없는 것이다. 나 또한 다른 사람의 불륜 따위 알 바 아니다. 불륜을 하고 싶은 사람은 하면 된다.

　어느 시대에도 사회적으로 공인된 '도덕' 같은 것이 존재하고 그것을 어긴 사람은 비난당한다. 하지만 도덕관은 시대와 문화에 따라 바뀐다. 100년 정도 거슬러 올라가면 일본에도 남성의 불륜이 전혀 문제가 되지 않는 시대가 있었다. 사람 사람의 부인에게 손을 대면 남편이 화를 내고 꽤 큰일이 되었지만 독신 여성이 상대라면 10대 소녀를 첩으로 삼거나 두 사람을 첩으로 삼아도 아무 비난도 받지 않았다. 지금이라면 당연히 일반인이라 할지라도 들키면 큰 소동이 벌어지겠지만 예전에는 그렇게 비난당하지 않았다.

그런 도덕적 규범이 변한 것은 아마도 다이쇼 시대(20세기 초)부터일 것이다. 왜냐하면 당시 구로이와 루이코라는 사람이 메이지 25년(1892년) 창간한 〈요로즈쵸호〉라는 신문은 서민들 사이에서 인기가 높아 〈도쿄 아사히 신문〉보다 많이 팔렸는데 이 신문에서 그때까지 공인되었던 남자의 불륜은 허용된다는 도덕관을 완전히 뒤엎었기 때문이다.

〈요로즈쵸호〉의 인기는 한 부에 1전이라고 하는 싼 가격, 인기 작가이기도 했던 구로이와 루이코의 연재 소설, 그리고 지금의 가십지에서 나오는 듯한 추문 보도 때문이었다. 그중에서도 '축첩의 실례'라고 하는 연재는 이토 히로부미와 모리 오가이 같은 유명인부터 일반 서민이라 해도 되는 관리나 상점주까지 남녀 모두 실명으로 510건이나 되는 불륜 관계를 폭로한 기획으로 아마 이 때문에 당시 일본 사회에 첩을 취하면 비난을 받는 풍조가 만들어진 것 같다.

그런 까닭에 메이지 천황에게는 다섯 명의 측실이 있었지만 다이쇼 천황은 결국 측실을 취하지 않았다. 황실은 이 전통을 계속 유지하고 있다. 지금은 예를 들어 기혼 정치가가 여배우와 불륜 관계를 맺어 손을 잡고 호텔이나 여배우의 자택 아파트에 들어가는 모습이 주간지에 실리거나 하면 자칫 사퇴에 몰리게 된다. 그런 시대가 되었지만 그것은 불륜이 악이기 때문이 아니라 우연히 시대의 분위기가 그렇게 되었을 뿐이라는 것이다. 이런 것에 무엇인가 초월론적인 근거 따위 있을 리 없다.

앞으로 사회의 조류상 남자나 여자나 불륜을 저질러도 신경을 쓰지 않고 부부도 각각 좋아하는 사람과 불륜을 해도 비난받지 않는 시대가 올지도 모른다. 그렇다고 딱히 놀랄 일은 아니다.

'절대악'이 아니므로 논쟁이 된다

실제로 17세기에서 18세기 정도까지의 프랑스 귀족 사회가 그러했다. 당시 귀족에게 있어 연애라는 것은 불륜을 뜻하는 것으로 결혼은 다른 존재였다. 프랑스 귀족 사회에서는 남편도 아내도 불륜을 저지르는 것이 일반적이었고 귀부인들은 남편 외의 남자와 궁정 안에서 당연한 것처럼 불륜을 저질렀다고 한다.

귀족 사회에서는 부부의 방도 따로 있었고 아침이 되면 서로의 방에서 내려와 아침 식사만 같이 할 뿐 밤이 되면 불륜 상대가 나타나 각각의 방에서 하룻밤을 같이했다. 당시 궁정 귀족은 불륜을 저지르는 것으로 자신의 교우 관계를 넓히고 이에 따라 궁정 사회에서의 지위를 높였다. 이 시대는 불륜을 하지 않는 사람은 열등한 사람으로 여겨진 것이다.

프랑스 왕정의 전성기를 이룬 루이 14세 뒤를 이은 왕은 루이 15세로 그는 후원자로서 궁정에 여러 문화계 인사를 부르곤 했지만 그중에 퐁파두르 후작 부인이라는 유명한 여성이 있었다. 그녀는 딱히 귀족도 왕족도 아니었지만 집안이 유복하고 미인이었던 탓에 20살에 결혼한 뒤 사교계에 데뷔했고 그때 루이 15세를 처음 만난 이후 남편과는 별거하고 루이 15세의 첩이 되었다. 퐁파두르 후작은 실존한 인물로 후작이 죽은 다음 가계가 단절되었다. 그러자 루이 15세는 후작의 성과 영지를 몰수에 첩에게 주었고 그때부터 퐁파두르 후작 부인으로 불리게 되었다.

즉 퐁파두르 후작 부인이라는 것은 프랑스 국왕의 공식적인 첩으로서의 이름이었던 것이다. 루브르 미술관에 가면 다양한 팸플릿이 놓여 있지만 루이 15세의 팸플릿을 보면 '정사와 승마에 탁월'하다고 적혀 있다. 국정을 돌보지 않고 불륜만 했다는 말이다. 올바른 남녀 관계는 시대에 따라 격변하는 것으로 거기에는 어떤 시대에도 변하지 않는 보편적인 가치관 같은 것은 없다.

물론 어느 시대라 할지라도 변하지 않는 '악'은 존재한다. 예를 들어 어떤 시대라도 사람을 죽이는 일은 악으로 동포를 죽여도 문제가 되지 않는 사회는 들은 적이 없다. 그러므로 클레이머 역시 살인자에게 SNS로 엄청난 비난을 퍼

붓지 않는다.

살인이 나쁜 일이라는 것은 어린 아이라도 안다. "살인은 안 돼.", "넌 사람을 죽였으니 악당이야." 하고 트위터에 투고해본들 "그런 당연한 말을 하다니 바보인가." 하는 말만 들을 뿐이다. 즉 살인이라고 하는 것은 절대 악으로 여기에는 논쟁의 여지가 없다. 살인은 나쁜 짓이라고 소리쳐본들 그 사람은 아무에게도 인정받지 못한다.

그러나 살인자와 달리 불륜은 그 시대의 가치관으로 선악이 결정된다. "불륜은 안 돼."라고 말하는 사람이 있는 반면 "딱히 큰일도 아니잖아." 하고 말하는 사람도 있다. 이런 경계선상의 문제, 즉 보편적인 가치와는 관계없는 문제 쪽이 호기심을 끌기도 쉽고 인터넷상에서 화제가 된다. 지금 시대는 불륜은 안 된다고 생각하는 사람이 다수파이므로 비난하는 입장을 취하면 찬동자도 많다.

정치 문제도 마찬가지로 지금은 좌파에서 우파로 시대의 분위기가 바뀌고 있기에 우파에 가담하면 자신이 사회의 의견을 주도하는 것 같은 기분을 맛볼 수 있다. 그런 점도 클레이머가 스스로 도취해서 점점 더 많이 클레임을 제기하는 원인인지도 모르겠다.

넷 우익의 콤플렉스

넷 우익에게도 같은 이야기를 할 수 있다. 2차 대전 후 오랜 기간 동안 일본의 언설 중심에는 평화주의가 있었고 전쟁 반대 같은 좌익 색깔이 강했다. 그렇지만 우파의 언설이 폭을 넓히게 되면서 정권도 명확하게 그쪽으로 기울게 되었으며 전쟁 반대 같은 말을 하면 소수파가 되고 만다.

당연한 말이지만 자신의 주장대로 세상이 움직이지 않으면 역시 재미가 없다. 그런 만큼 "외국이 공격해오면 어떡할 것이냐." 하는 식으로 정권 쪽에 서서 이야기하는 편이 오피니언을 리드하는 것 같은 환상에 취할 수 있다. 아베 정권이 이어지는 한 '봐, 내 생각이 맞았어. 내가 말해서 그렇게 된 거야.'라고 생각할 수 있다.

다수파에 가담한다는 것은 그런 것이다. 반대하는 태도에는 많은 에너지가 필요하고 조금이라도 정권을 비판하면 엄청난 비난을 받아 곤란하지만 다수파인 이상 본인 마음의 평온을 유지할 수 있다.

넷 우익이라는 존재의 밑바닥에 자리잡고 있는 것은 콤플렉스라고 생각한다. 일본은 고도 경제 성장 시대였던 1960년대부터 1970년대 이후 계속 세계 유수의 경제 대국으로 있어 왔고 1990년대 말까지는 1인당 명목 GDP도 세계 2위였다.

그러나 지금은 26위(2018년)까지 떨어졌고 28위의 한국에 추월당하는 것도 시간의 문제이며 37위의 타이완에게도 조만간 따라잡힐 것이다. 물론 예전에도 콤플렉스는 있었고 재팬 배싱처럼 서구의 대일 감정이 악화되었던 시기도 있었지만 경제력이 있었기 때문에 나름대로 전 세계 사람들에게 리스펙트를 받을 것이라는 환상에 젖어 있을 수 있었다. 하지만 지금은 경제도 엉망이 되었고 위안을 삼을 것이 없다.

그렇게 된 지금 넷 우익은 어디에 울분을 풀 수 있을까. 클레이머가 무엇에 대해 클레임을 제기하고 넷 우익이 어떤 것에 '좋아요'를 누르는지 분석하면 지금의 일본이 어떤 상태인지를 알 수 있을 것이다.

한 가지 분명한 것은 이런 현상에 대해서는 이미 분석하는 사람이 있을 거라 생각하지만 5년 전과 비교하면 중국에 대한 비난이 실제로 줄어들었다는 점이다. 중국은 미국 다음 가는 대국으로 경제적으로도 군사적으로도 외교적으로도 미국과 대등하게 경쟁 중이다. 분명 일본보다는 강할 것 같은 국가가 되었으므로 혐오하는 것이 무서워진 것이다. 무서우니 중국에 대해서는 아무 말도 하지 않게 되었다. 그러나 한국은 1인당 명목 GDP는 추월당했을지 모르지만 일본 쪽이 인구는 2배 정도 많고 군사력도 살짝 위이므로 넷 우익은 안심하고 비난할 수 있는 것이다.

그러나 제1장에서도 말했지만 한국은 민주 혁명을 일으킨 국가인 만큼 일본과는 민주도와 국민의 자립도가 다르다. 일본은 2차 세계 대전 이후 한 번도 민주 혁명을 일으킨 적이 없다. 근대까지 거슬러 올라가도 무장 봉기를 한 것은 보신 전쟁(1868~1869년)과 세이난 전쟁(1877년)뿐이다. 최종적으로는 사이고 다카모리가 배를 가르고 죽은 것밖에 없었지만 목숨을 걸고 체제를 뒤엎기 위해 싸운 적은 그것뿐이었다.

데모 역시 미국의 흑인 차별에 대한 항의 데모나 홍콩의 데모 같은 것에 비교하면 일본인의 국회 앞 데모는 엄청나게 얌전하다. 조금 데모의 규모가 커지면 누군가 "폭력 행위는 안 돼." 같은 말을 하기 시작한다. 정치적인 열정이 엄청나게 약한 것이다. 정권에 항의해 자살한 사람도 1960년 대에 사토 에이사쿠(전 일본 총리)의 대미 추종에 항의해 수상 관저 앞에서 분신 자살한 사람이 있을 뿐 이후 50년 동안 한 사람도 없었다.

목숨을 걸고 정권을 비판하는 사람은 없지만 집단 괴롭힘으로 자살하는 사람은 있다. 왜 괴롭힘을 당한 사람이 죽지 않으면 안 되는 것일까. 나를 괴롭힌 사람과 같이 죽어야겠다는 식의 과격한 생각을 하는 사람은 그다지 없다. 그런 의미에서 일본인은 근본적으로 '가축화'되어 있다. 사육을 당하고 있을 뿐이므로 무엇인가 잘 되지 않으면 우왕좌왕하며 클레임을 거는 것밖에 할 줄 모르게 된 것이다.

'재능 있는 인간'을 배제하는 시스템

대부분의 일본인들은 초등학교 때부터 공부를 시작해서 아무 생각 없이 고등학교에 가고 대학도 다른 사람들이 가니까 가는 것뿐으로 무엇인가 특별히 하고 싶은 것은 없다.

그렇게 문과의 학부 같은 곳에 들어가 장래 걸어야 할 길을 본인이 개척하는 것이 아니라 모두 적당한 회사에 취직한다. 아마도 무의식적으로 무난한 선택을 하는 듯하다. 그렇게 어중간한 길을 선택하기 때문에 커다란 실패는 없지만 큰 변화를 이루지도 못한다.

나는 항상 학생들에게 "두 개의 길이 있을 때는 어려운 길을 선택하는 편이 좋다."라고 말하지만 어려운 길을 선택하는 사람은 정말로 적다. 대부분의 학생들은 편한 길을 고른다. 이는 비판받는 것이 싫기 때문이기도 하지만 역시 부모들이 쉬운 길, 무난한 곳에 취직을 시키려고 하기 때문이다. 그냥 그런 회사의 월급쟁이가 되어 윗사람이 시키는 대로 일하면 일본 기업의 정사원이라면 쉽게 해고는 당하지 않을 거라 생각하는 것이다.

확실히 회사를 차리는 일은 힘들다. 창업한 사람의 대략 80%가 실패한다고 한다. 게다가 한번 실패하면 빚을 지게 되고 다시 새로 시작하기도 어렵다. 그렇다고 하더라도 어려운 길에 뛰어들어 열심히 노력하는 기개가 있는 사람 쪽이 조금 더 멋있지 않은가. 이는 일본 교육의 문제기도 하지만 일본의 시스템 자체에 문제가 있다. 각 개인이 하고 싶은 일이 아니라 가능한 리스크가 적은 선택지, 실패하지 않을 만한 길을 선택하라고 부추기는 것이다. 미국의 경우는 일본과는 반대로 스티브 잡스처럼 이노베이션을 일으키는 사람이 나오기 쉬운 시스템이 갖춰져 있다.

이 문제는 클레이머의 증식과 관련이 있다고 생각한다. 타이완의 코로나 대책을 성공시켜 주목을 모은 오드리 탕 장관 같은 사람은 대학을 나오기는커녕 타이완에서의 최종 학력은 중학교 중퇴다. 그럼에도 천재적인 프로그래밍 스킬이 있어 19세 때 실리콘 밸리에서 소프트웨어 회사를 창업했다. 아직 30대 후반이지만 무척이나 뛰어나 타이완의 코로나 대책 시스템은 모두 IT 담당 장관인 오드리 탕이 직접 만들었다고 한다.

일본의 다케모토 나오카즈 IT 정책 담당 장관은 취임 시 "스마트폰을 사용해 직접 SNS에 투고하고 있다."라는 점을 강조하며 IT 지식을 어필했지만 IT 지식은 오도리 탕의 발끝에도 미치지 못할 것이다. 아소 다로에 이어 장관 중 가장 고령인 79세로 이번이 첫 장관직인 것을 보면 틀림없이 파벌 추천에 의한 인사일 것이다.

일본은 이렇게 조직에 순종하는 사람을 요직에 기용하고 특출난 사람은 활용하지 못한다. 조직 안에서 특출난 인간은 오히려 배싱의 대상이 된다. 그리고 타이완의 오드리 탕처럼 한 차례 진로에서 벗어난 인간은 사회가 받아주지 않는다.

모두 함께 나란히 줄을 세우는 시스템은 효율 좋은 대량생산이 필요한 고도 성장기라면 잘 기능하지만 지금처럼 이노베이션이나 다양성이 필요한 시대에는 기능하지 않는다.

필요한 것은 공장 라인에 줄을 서는 사람이 아니라 무엇인가 이상한 것을 생각해내는 사람이다. 100명 중 99명이 도움이 되지 않아도 이상한 인간 한 명이 만약 뛰어나다고 하면 그 사람이 회사를 구한다. 그러나 일본의 회사는 그 한 사람 특출난 인간을 배제한다. 천재적인 것을 생각하는 인간을 포용할 수 없는 시스템이 되고 만 것이다.

정치가도 가축화되고 있다

이 역시 제1장에서 이야기했지만 이번 코로나로 알게 된 것은 경제 합리성만 추구하면 위기에 대처할 수 없다는 사실이다. 효율성만 생각한 지금까지의 방식으로는 위기 대응력이 부족하다. 의료 붕괴를 막기 위해 유연성 있는 시스템을 만들어야 한다.

그러나 오사카 유신회가 예전에 만들었던 '유신 8책' 같은 공약을 읽어보면 정치와 경제 시스템을 어떻게 효율적으로 할 것인지만 적혀 있을 뿐 더 중요한 두 가지 사안은 적혀 있지 않았다.

그것은 식량 문제와 에너지 문제다. 일본의 장래를 생각할 때 경제를 어떻게 할 것인가 방위비를 어떻게 할 것인가보다도 식량과 에너지를 어떻게 할 것인가 쪽이 훨씬 더 중요하다고 생각한다. 이 두 가지에 대한 전망이 없으면 일본은 살아남을 수 없다. 이 두 가지가 없으면 국가가 망하고 말 것이므로 식량과 에너지를 생각하지 않는 정책은 말도 되지 않는다.

특히 에너지는 일본에 지금 없으므로 스스로 에너지를 만들기 위해서는 어떻게 하면 좋을까를 생각해야 하고 에너지를 제공해주는 국가와 사이좋은 관계를 조성하고 문제를 일으키지 않도록 해야 한다. 일본은 기후나 풍토가 무척 좋으므로 국내에서도 식량을 100% 생산할 수 있지만 지금은 자급률이 약 40%로 수입하는 나라로부터 "당신네 나라에는 더 이상 식량을 팔지 않겠다."라는 말을 듣기라도 하면 큰일이다. 그러므로 식량에 대해서도 생각해야만 한다.

하지만 유신회 정책에는 이 두 가지에 대해 전혀 언급되어 있지 않는 것이 식량과 에너지는 누군가 그냥 주는 것처럼 생각하는 듯하다. 이는 "글로벌 캐피털리즘의 가축으로 살아라."라고 말하는 것이나 마찬가지다. 커다란 재해 같은 것이 발생하면 자력으로는 아무것도 할 수 없으므로 "빨리 어떻게든 해라."라고 클레이머화하는 수밖에 없다. 이는 우리에 갇힌 배고픈 개가 주인에게 멍멍 짖어서 먹이를 재촉하는 것과 마찬가지다. 먹이가 없으면 "먹이를 줘, 멍멍." 하고 짖는 것 외에는 방법이 없다. 하지만 그렇게 불평을 해도 해결이 되지 않으면 본인 힘으로 어떻게든 해야 한다.

옛날의 일본인이라면 스스로 먹을 것을 만들 것을 생각했을 것이다.

결국 유신회 같은 인간들은 글로벌 캐피털리즘에 사육되고 만 것이다. 슈퍼나 편의점에 가면 먹을 것을 계속해서 손에 넣을 수 있다고 생각한다. 물이나 전기도 계속 자동적으로 공급되는 것이라 믿고 있다.

지금으로부터 6600만 년 전 백악기, 지구에 직경 10킬로미터쯤 되는 소행성이 떨어져 공룡을 비롯해 지구상의 생물 4분의 3이 절멸했다. 충돌에 의해 발생한 지진은 매그니튜드 11에서 매그니튜드 13이었다고 한다. 매그니튜드 13이라면 쓰나미의 높이는 1000미터 이상이 된다. 그런 높이에 위치한 대도시라면 멕시코의 수도인 멕시코시티, 에콰도르의 수도 키토, 볼리비아의 수도 라파스 등 중남미를 중심으로 두 손으로 꼽을 정도밖에 없다. 일본의 경우 가루이자와에 사는 사람들은 살아남을지 모르지만 도쿄, 오사카, 나고야 모두 전멸이다.

쓰나미를 피한 사람들도 인프라가 붕괴되었으므로 결국 살아남지 못한다. 최종적으로 살아남는 것은 티베트나 뉴기니의 고지대에 살면서 모든 것을 자급자족해서 사는 사람들뿐이다. 그들이라면 아무렇지도 않을 것이다.

그런 카타스트로피(catastrophe, 특정 요인의 아주 작은 변화에 질적 변화라 할 정도의 현저한 변화를 나타내는 현상)가 오지 않을 것이라 단정할 수는 없다. 그 정도가 아니라도 동일본 대지진급의 지진이 다시 올지도 모른다. 가축화된 상태라면 위기가 찾아왔을 때 클레임을 거는 것밖에 방법이 없지만 클레임을 제기할 상대도 사라진 상태라면 과연 어떻게 될까.

제**3**장

다수파라고 하는 안전지대

이기는 말에만 타는 다수파

 신형 코로나 바이러스 때문에 여러 가지 면에서 일본 사회의 문제점이 드러나고 있지만 그중에는 다수파가 소수파를 집단적으로 괴롭히는 문제가 있다. 우선 다수파는 어떤 식으로 형성되는가 하는 이야기를 해보자.

 인간은 아프리카 대륙에서 탄생했지만 그때부터 집단을 만들고 있었다. 복수의 집단이 아프리카 전역에 확산되고 도구와 불을 사용해 수렵과 요리를 했다. 처음에는 집단의 규모도 작고 기본적으로 평등했고 빈부의 차이도 없었지만 누군가 주도권을 쥐고 자신의 의견을 관철시키는 일은 분명 있었을 것이다.

 그때 역시 다수파 공작 같은 것이 있었을 것이다. 지지를 받기 위한 가장 간단한 방법은 수렵에 뛰어난 사람이 잡은 사냥감을 집단에게 나눠주는 것이다. 그렇게 하면 누구나 먹을 것은 소중한 만큼 모두들 수렵에 뛰어난 사람의 말을 들을 것이고 다수파가 형성된다.

이처럼 옛날부터 다수파에 붙는 쪽이 소수파로 있는 것보다 유리한 경우가 많았다. 자신에게 이득이므로 다수파에 붙는다. 그런 습성이 인간에 새겨졌을 거라고 생각한다.

'이기는 말에 올라탄다.'라는 말이 있다. 예를 들어 A후보와 B후보가 근소한 차이로 다투는 당대표 선거가 열리고 있다고 하자. B가 리드한 채 선거전 종반으로 들어가면 역시 많은 사람들이 A에서 B로 몰린다. 세키가하라 전투에서 이시다 미쓰나리의 서군에서 도쿠가와 이에야스의 동군으로 바꿔 탄 고바야카와 히데아키의 경우처럼 이길 것 같은 사람 쪽에 붙는 편이 은혜를 입어 나중에 유리해지는 일이 많다. 지금은 전국 시대가 아니므로 싸움에 져도 죽임을 안 당할지는 모르지만 그래도 권력 투쟁에서는 경우에 따라 승패가 생사를 좌우할 수 있다.

그러므로 근소한 차이를 다투는 국정 선거에서는 정보전이 극히 중요해지며 각 진영에서는 자신들이 우세하다는 정보를 흘리는 일이 자주 있다. 설령 자의적인 정세 조사라고 해도 우세하다는 숫자가 있으면 그 데이터를 사용해 선전하는 것이다. 그렇게 되면 어느 쪽인지 확실하게 태도를 정하지 못한 유권자는 그 숫자를 보고 '이 사람을 지지하

는 쪽이 내게 유리하겠다.'라는 생각을 한다. 이권 같은 것
과 관계가 없는 보통 사람은 누구를 지지하든 그다지 관계
가 없지만 그런 습성이 인간이라고 하는 종에게는 새겨져
있다.

다수파는 '설명하지 않는다'

다수파에 붙으면 편하다. 다수파라고 하는 것은 많은 사람과 같은 행동을 취한다는 뜻이므로 지지하는 이유를 표명하는 일도 지지하는 이유를 다른 사람이 묻는 일도 그다지 없다. 하지만 소수파에 붙으면 "왜 너는 그런 비주류 쪽에 서는 거냐?"라는 질문을 받는 일이 많으므로 하나하나 자신의 생각을 설명해야만 한다. 이런 것이 꽤 번거롭다.

나는 진화론의 정설인 네오다위니즘(Neo-Darwinism)을 오랜 세월 비판해왔고 "왜 당신은 네오다위니즘을 비판하는 것이냐?"라는 질문을 자주 받는다. 나도 학자인 만큼 "내 마음이야." 하고 이야기를 끝낼 수는 없다. 네오다위니즘을 지지하는 사람들의 언설을 조사하고 왜 내가 그것을 비판하는지 논문을 쓸 수밖에 없는 것이다.

비판이라고 하는 것은 많은 언설에 대해 알고 있지 않으면 불가능하다. 그러므로 비판하고 있는 쪽인 내가 네오다위니스트보다 네오다위니즘에 대해 상세히 알 수밖에 없다.

그에 비해 다수파는 네오다위니즘을 지지하는 이유를 거의 설명하지 않는다. 간단히 네오다위니즘이라고 해도 다양한 버전이 있으며 학설에 유리한 증거도 불리한 증거도 있지만 이런 것들에 대해 네오다위니즘을 지지하는 사람들에게 물어보면 아는 사람은 거의 없다.

즉 알지도 못하고 주류 학설을 지지하는 연구 활동을 하는 사람도 있는 것이다. 주류인 네오다위니즘을 지지하면 다수파가 될 수 있고 그렇게 하면 자신이 왠지 유리하다고 생각한다.

이는 학회뿐 아니라 SNS에서 무엇인가에 대해 비판하는 경우도 마찬가지다. 소수파는 비판하는 이유를 논리를 세워 설명하지 않으면 안 되지만 다수파는 언제든 설명하지 않는다.

예를 들어 아베 신조를 지지하는 사람들은 지지하는 이유 같은 것은 말하지 않고 아베를 지지하지 않는 비주류를 그저 매도하기만 하면 된다. 그들이 발하는 언설은 무척이나 직설적이며 내가 아베 정권을 비판하거나 하면 "꼰대"라느니 "일본을 떠나라."라는 말밖에 하지 않는다. 그럼에도 나는 일단 반론을 생각하며 쓰지만 역시나 그들은 같은 말만 되풀이한다. 그저 "아베가 하는 일에 반대하는 사람은 용서할 수 없다."라는 말만 반복하는 것이다.

언제였던가 내가 "넷 우익 사람들은 반일이니까 일본에서 떠나는 편이 좋다." 하는 글을 트위터에 썼더니 그들은 깜짝 놀라는 모습이었다. 넷 우익 사람들이 항상 사용하는 "좌익은 반일이니까 일본에서 떠나라."라고 하는 말을 반의적으로 사용해 야유한 것이었지만 그렇게 나오니 어떻게 대응해야 할지 알 수 없어 우왕좌왕 한 것이다. 자신들은 주류파니까 반일이 아니라고 믿고 있었던 것이다. 역시 이기는 말을 타고 있는 것뿐이라 생각한다.

확고한 생각이 없는 인간은 다수파가 된다

지금 현재 가장 다수파라고 할 수 있는 것은 글로벌 캐피털리즘을 추진하는 파이지만 거기에 대해 논리적으로 반론하는 일은 꽤나 힘든 일이다.

보통은 터무니없이 많은 돈을 벌어도 나쁜 게 아니라고 생각하는 사람 쪽이 많다. 그런 까닭에 극단적인 소득 격차라든지 과중 노동 등 글로벌 캐피털리즘의 나쁜 부분을 설명하고 그 대신 어떻게 해야 좋을지를 알려주지 않으면 안 된다. 그중 하나로 MMT(Modern Monetary Theory, 현대 통화 이론)라는 새로운 경제 이론이 있다. 이 이론은 국가가 국채를 계속 발행해 재정에 개입해야 한다는 것이므로 부채를 아무리 늘려도 재정이 파탄나지 않는 이유라든지 인플레이션을 어떻게 컨트롤해야 하는지 디플레이션인 경우에는 긴축 재정을 하면 안 되는 이유 같은 것을 반론에 대비해 열심히 공부해둘 필요가 있다.

반대로 말하면 지금 세상에서 일어나는 일에 대해서는 소수파 쪽이 더 깊게 생각하므로 아베 정권을 지지하며 아무 생각도 없는 다수파보다 현명하다고 생각한다. 아베 신조를 지지해서 월급이 올라가는 것도 아닌데 그저 다수파라는 사실 하나로 안심하는 사람이 글로벌 캐피털리즘의 문제점을 알 턱이 없다.

이기는 말을 탄다는 것은 그쪽이 자신의 정신 위생상 부담이 적다는 면이 크다. 즉 편한 것이다. 대다수의 사람은 여기저기서 불평이 나오고 아무도 자신을 옹호해주지 않는 상황을 견디지 못한다. 정신적으로 편한 쪽으로 도망치려고 한다.

예를 들어 어딘가 회사에 근무하고 있는데 어느 날 사장이 누가 들어도 이상한 방침을 꺼냈다고 하자. 그 방침에 대해 사장 본인과 사장 편인 임원들이 있는 회의에서 찬반을 결정한다고 하면 반대는 어지간히 자신의 생각이 확고하지 않으면 어렵다. 게다가 반대하면 사장과 윗사람들의 미움을 받아 불이익을 당할지 모른다. 그러므로 확고한 생각이 없는 사람은 다수파에 붙는 것이다.

이 점에 대해서는 우파도 좌파도 관계없다. 내가 대학생이었을 무렵은 학생 운동이 활발했고 전국에 있는 대학 캠

퍼스를 무대로 안보 투쟁이 벌어지고 있었지만 학생회에서 누군가 연설하면 그 자리에 있는 사람들 모두 "이의 없습니다."라고 소리를 지르고는 했다. 그건 자신 나름대로의 생각이 있어서 찬성한 것이 아니고 이 집단에서는 미일 안보 반대가 다수파인 까닭에 그렇게 말하는 쪽이 편했기 때문이다. 만약 반대라고 하면 다수파에게 둘러싸여 "자기 비판을 하라."라는 말을 들으며 두들겨 맞았다.

그런 만큼 역시 소수파가 되는 것은 힘들다. '총괄'이라는 이름 아래 열두 명의 동지를 죽음으로 내몬 연합 적군 사건(1971~1972년 사이 벌어진 적군파의 집단 폭행 살인 사건) 같은 것도 있었고 2차 세계 대전 전에는 프롤레타리아 문학 작가 고바야시 다키지가 권력에 살해되기도 했다.

고바야시 다키지는 신념이 있는 사람으로 국가에 의한 사상 통제가 점점 강해지는 시대에 수천 명의 반전주의자가 체포된 탄압 사건을 주제로 한 소설 『1928년 3월 15일』로 특고 경찰의 잔혹하기 짝이 없는 고문을 폭로했지만 결국 그 때문에 특고 경찰로부터 미움을 받게 되었고 고문으로 죽고 말았다.

이런 사건을 보고 우리는 정말 있어서는 안 될 일이라고 생각할까 아니면 "너는 비국민이다." 하며 특고 경찰처럼 소

수파를 공격할까. 지금은 아무리 봐도 후자 쪽이 많을 것
같은 느낌이 든다.

미국과 전쟁을 하게 된 수수께끼

일본이라는 국가 체제를 지켜야 한다며 전쟁에 찬성한 당시의 사람들도 자신이 하는 말이 옳다고 정말로 신념을 가지고 있던 사람은 별로 없을 거라는 생각이 든다. 미국을 상대로 전쟁을 시작하게 된 경위를 살펴보면 국민이 황거 앞 광장에서 만세를 불렀다고 신문에 나와 있지만 그런 그들에 대해 정부의 최고 지도자가 합리적인 이유에 근거해 자신의 생각을 정확하게 설명한 것도 아니었고 미국과의 전쟁에 패배하면 자신이모든 책임을 지겠다고 말한 것도 아니었다.

수상으로서 미국과의 전쟁을 결정한 도조 히데키는 도쿄재판에서 모든 책임은 자신에게 있다며 천황을 감쌌지만 A급 전범 중에서는 책임을 회피하는 발언도 많았다. 예를 들어 고이소 구니아키(군인 겸 정치인)는 "내 의견은 다르더라도 국책으로 결정된 이상 거기에 따르는 것이 당연하다." 하고 말했다. 홀로코스트를 주도한 나치스 간부 아돌프 아이히만이 예루살렘의 재판에서 했던 변명과 거의 같은 내용으로 고이소는 "나는 국책에 따랐을 뿐"이라고 변명을 한 것이다. 도조 히데키보다 앞선 수상이었던 고노에 후미마루는 청산가리를 먹고 자살했지만 많은 수의 전범이 책임을 회피하는 발언을 했다.

7년 정도 전 구 일본국 육군 대장과 전쟁 당시 대신이었던 A급 전범 4인이 라디오 방송에서 전쟁 책임에 대해 이야기한 57년 전의 음원이 발견되어 신문에 내용이 소개되었다. 그들은 "패전은 우리 책임이 아니다.", "여론이 전쟁을 확실하게 반대하지 않았기에 전쟁이 일어났다." 같은 말을 할 뿐이었다.

또 쇼와 천황도 적극적으로는 전쟁을 원하지 않았다는 평이 많지만 결국 정부 전체의 분위기에 휘둘려 전쟁을 시작한 셈이다.

신념보다 분위기로 움직이는 일본인

일본인은 어떤 이유에선지 분위기가 정해지면 거기에 반대하는 의견이 있어도 확실하게 의견을 제시하여 구체적으로 검토하는 일은 거의 없다. 동조 지향이 강한 '살피는 문화'가 있는 까닭에 언론도 왠지 바람이 오른쪽으로 불 때는 전부 오른쪽 의견을 말하고 바람이 왼쪽으로 불 때는 전부 왼쪽 의견을 말하며 그때 분위기에 맞지 않는 의견은 무시된다.

그리고 모두 함께 하기로 결정되면 아무리 심한 행동도 아무렇지 않게 하고 그 결과 잘못되어도 "모두가 함께 했다.", "나는 시킨 대로 했을 뿐이다." 하고 책임을 지지 않는다. 이는 역시 자신의 머리로 생각을 하지 않았기 때문으로 내 생각은 이렇다 하는 신념이 없기 때문이다.

기독교 등의 일신교 특히 이슬람 교도는 자신의 종교에 반하는 일은 누가 무슨 말을 해도 절대 받아들이지 않는 면이 있다. 반대로 옳다고 생각하는 일은 목숨을 걸고 자신의 정의를 지키려고 한다. '신을 믿는다'라는 것은 옳은 행동을 하면 사후에 천국으로 갈 수 있다는 뜻으로 그런 까닭에 죽음을 그다지 두려워하지 않는다. 미국은 과거 몇 번이나 중동 이슬람 국가를 무력으로 제압하여 자신의 의견을 관철시키려 했지만 결국 제대로 되지 않았다. 그들을 힘으로 통치하는 것은 거의 불가능한 것이다.

한편 일본인에게는 이슬람 교도나 기독교도처럼 믿는 것이 없다. "너는 최종적으로 대체 무엇을 믿느냐?"라고 했을 때 아무것도 믿는 것이 없다. 일본인은 어떤 일이 일어나든 자폭 테러 같은 것은 하지 않는다. 현세밖에 없으므로 그 중에서도 다수파에 속함으로써 가능한 좋은 추억만 만들고 싶어한다.

그러므로 전쟁에 패배해 미국에게 국토를 점령당해도 저항도 없이 간단히 그들의 명령에 따랐을 것이라 생각한다. 전쟁 말기는 〈슈후노토모(주부의 벗이라는 의미)〉라는 유명한 여성잡지까지 "미국인을 죽여라." 같은 글을 게재해 적개심을 부추겼지만 그다음 해가 되자 많은 사람들은 태도를 180도로 바꾸었고 일본은 미국을 배워야 한다고 말하기 시작했다. 주체성이라는 것이 전혀 없는 것이다.

인텔리가 넷 우익에게 미움받는 이유

예전의 일본이 전쟁 프로파간다를 열심히 했던 것은 민주주의가 아니라도 국가에는 국민의 공감을 구하는 것이 어느 정도 필요했기 때문이다. 그러지 않으면 생산 활동이 제대로 되지 않는다.

러일 전쟁이 시작되었을 무렵부터 신문 호외로 전황을 속보로 전했고 전쟁에 이기면 제등 행사를 열어 "이겼다, 이겼다." 하고 성대하게 축하하여 모두 지지하는 것 같은 분위기를 조성했다. 그렇게 바람을 잡아 인기를 얻는 정책은 어느 나라에나 있다. 특히 국가가 성숙하면 공포 정치로 국민을 지배하는 일은 어려워진다. 그래서 지금은 누구나 가지고 있는 열등감 혹은 국민 사이에 일어나는 불만 같은 것을 정부가 부채질한다.

예를 들어 EU는 코로나 전부터 역내 경제 격차가 상당히 벌어져 있었고 각국의 통화 금융 정책도 EU가 좌지우지하는 까닭에 소속 국가들은 많은 불만을 가지고 있었다. 그래서 독일, 프랑스, 이탈리아, 오스트리아 또 스페인 같은 곳에서는 점점 우익 정당이 지지율을 높이고 있었고 시리아에서 오는 난민을 배척하기도 했다. 이대로는 이민들에게 일도 나라도 빼앗길 것이라고 생활에 불만을 가진 사람들에게 호소한 것이다.

지금의 미국 역시 유사한 면이 있다. 트럼프는 예전부터 멕시코에서 오는 불법 이민을 막기 위해 국경에 벽을 세우니 시리아 난민의 입국을 막아야 된다느니 하는 말을 했다. 그렇게 고용 불안에 떠는 노동자 계급의 화이트 트래시를 선동하여 자신의 견고한 지지 기반으로 만들었고 결국 대통령이 되었다. 화이트 트래시란 글로벌 캐피털리즘에 의한 성장과 번영에서 외면당한 하층 백인을 말한다.

넷 우익은 이들 화이트 트래시와 조금 닮았다. 넷 우익은 자기 자신에게 엄청난 열등감이 있다. 열등감이 있기 때문에 자신을 바보 취급하는 사람을 공격하여 처치하는 일에 쾌감을 느낀다.

넷 우익 사람들이 가장 싫어하는 것은 역시나 지식인일 것이다. 트럼프 역시 그 지지층과 마찬가지로 반지성주의라고 할까 지성을 갖춘 사람을 싫어했다. "네가 뭔데 그렇게 잘난 척하느냐.", "지식이나 학력이 있다고 자랑하지 마라." 하는 식이지만 넷 우익에게는 정말 이런 타입의 사람이 많다. 이렇게 열등감 덩어리인 넷 우익을 대변해주는 존재가 바로 아베 신조 아니었을까 하는 생각이 든다.

아베 신조는 금수저였지만 학력은 그렇게 높지 않았다. 초등학교부터 에스컬레이트 식으로 세이케이대학이라고 하는 결코 명문대라고는 하기 어려운 곳을 나왔다. 단순히 공부를 잘하고 못하고가 문제가 아니라 국회에서 답변하는 모습을 보면 일본어도 수상하다. 넷 우익 입장에서 보면 자신들과 비슷한 수준이었을 것이고 그런 정도의 인간이라도 수상이 되었다는 것이 플러스 이미지가 되었던 것 같다.

일본의 수상 자리는 전후 잠시 동안은 도쿄대 법학과를 졸업한 사람이 많이 차지했다. 이케다 하야토는 교토대였지만 요시다 시게루, 하토야마 이치로, 기시 노부스케, 사토 에이사쿠는 도쿄대를 졸업했다. 고도 경제 성장기 이후는 그렇지도 않게 되었지만 후쿠다 다케오, 나카소네 히로후미, 미야자와 기이치, 수상은 되지 못했지만 아베 신조의 부친이었던 아베 신타로도 도쿄대를 나왔다. 그런 엄청 공부를 잘하고 나름대로 지성이 있는 사람이 일본의 최고 책임자가 되었던 것이다.

그러나 도쿄대 법학과를 나와 수상이 된 사람은 넷 우익 입장에서는 자신과는 너무 수준이 달라 친근감을 느끼기 어려웠고 공감도 할 수 없었다. 그런 점에 있어 아베 신조는 머리가 너무 좋지도 않고 지성이나 언설이 넷 우익 수준이므로 역시 지지하고 싶어지는 것이다. 그런 의미에서는 트럼프와 화이트 트래시의 관계성 또한 비슷하다고 할 수 있다.

　넷 우익은 일본 공산당을 싫어하지만 일본 공산당의 지도층도 역대 위원장인 미야모토 겐지, 후와 데쓰조, 시이 가즈오는 도쿄대 출신으로 도쿄대를 나온 엘리트가 당을 총괄하여 가난한 대중을 지도하는 스타일로 운영한다. 사상적인 면뿐 아니라 그런 면이 대중들로부터 지지를 얻지 못해 당이 더 성장하지 못하는 것 아닌가 하는 생각도 든다. 주요 언론사도 마찬가지로 대형 신문사 사원도 좋은 대학을 나온 엘리트뿐이다. 넷 우익이 무척 싫어하는 이유도 아무래도 학력이 높기 때문이라는 부분이 클 것이다.

　지금 현재 지식인은 미움을 받고 다수파의 지지를 얻지 못하는 상태에 있다. 이는 분명한 사실이라고 생각한다.

구태의연한 교육 시스템

아베 신조가 수상이기 때문은 아니지만 지금은 학력이 도움이 되지 않는 세상이 되었다. 내가 어렸을 무렵 우리 부모 세대는 제1차 산업 종사자 아니면 작은 가게 주인으로 대학을 나오지 못한 사람이 많았다. 농업이나 자영업은 힘드니까 어린 아이들에게는 커다란 회사의 월급쟁이나 공무원 같은 안정된 직업을 갖기를 원했고 따라서 교육에 힘을 쏟기 시작했다.

고도 경제 성장의 초기에는 도시부의 노동자 부족을 해소하기 위해 중졸 혹은 고졸 농촌 출신자를 야간 열차에 실어와 집단 취업을 시키기도 했지만 얼마 뒤 대학을 나오지 않으면 좋은 회사에 들어갈 수 없을 만큼 계속 교육열은 높아졌다.

내가 학교를 다니던 시절의 대학 진학률은 아직 15% 정도였을 것이다. 나머지 80% 이상의 공부를 그다지 잘하지 못했던 학생은 중학교나 고등학교를 나온 뒤 취직을 했지만 그래도 웬만한 회사에는 들어갈 수 있었고 특히 여자는 도내 명문 고교를 졸업하면 일류 기업에 취직할 수 있었다. 그리고 사내 연애를 통해 결혼한 뒤 사람들의 축하 속에 퇴사하는 것이 하나의 패턴이었다.

대학 진학률은 그 뒤 1980년대 후반에는 25%로 상승했고 2000년대 후반에는 50%를 넘었지만 지금은 전문대학을 나와도 직장에서 좋은 결혼 상대를 발견하는 일은 어려워졌다.

극히 일부의 대기업을 제외하면 30세에 연봉 500만 엔을 받으면 감지덕지다. 그렇게 되면 맞벌이로 연수입이 1000만 엔이 된다고 해도 아이가 태어나서 여성이 퇴직하면 남편의 벌이 500만 엔밖에 없게 되고 여성이 아르바이트를 한들 끽해야 700만 엔 정도가 된다. 아이 둘과 도쿄에서 산다고 하면 정말이지 힘든 생활이 될 수밖에 없다. 게다가 노동 시간이 점점 길어지고 있는 만큼 여성은 독박 육아를 해야 할지도 모른다.

그런 상황이므로 맞벌이로 아이를 키우겠다는, 그런 힘든 길을 걷더라도 결혼하고 싶다고 젊은이들은 생각하지 않게 되었고 애당초 연애할 시간도 돈도 없다. 연애나 결혼은 이미 '코스트'다. 이미 사회 시스템이 바뀌고 만 것이지만 일본의 교육 시스템은 바뀌지 않았다. 저성장 시대가 되어도 교육은 고도 경제 성장기 그대로 위에서 시키는 대로 일하는 로봇 같은 사람만 우수하다는 평가를 받고 사회에 나와서는 주요 포지션을 차지한다. 그리고 그런 사람이 다수파를 형성하는 것이다.

상사가 '정답'을 정한다

 일본에서 공부를 잘하는 사람이란 주어진 문제를 가능한 빨리 푸는 인간이다. 국어 입시 문제 같은 것은 정답이 맞는 것인지 맞지 않는 것인지 알 수 없을 만큼 애매한 것도 많지만 너무 애매한 문제를 만들면 교사가 야단을 맞게 된다. 어쩔 수 없이 답이 하나밖에 없는 문제를 내고 그 문제를 가능한 빨리 풀게 해야 한다. 물론 수학이나 물리 같은 것도 생물도 지리도 역사도 마찬가지다.

 그러나 실제로 사회에 나오면 정답이 확실한 문제 같은 건 거의 없다. 무엇이 정답인지 알 수 없는 상황에서 시행착오를 거치며 스스로 생각하는 수밖에 없다. 주어진 문제를 빨리 풀 수 있는 사람보다 오히려 그런 유연한 발상을 할 수 있는 쪽이 중요하다.

 하지만 무슨 일이든 "올바른 정답은 이것뿐이야." 하는 식으로 사는 사람도 있다. 바로 관료들이다. 우선 상사가 가장 먼저 '정답'을 정한다. 그렇게 되면 현장은 위에서 결정한 것에 의문을 가지더라도 바꿀 수 없다. 그야말로 코로나 대응에 실패한 후생성이 그러했다.

2월 중순에 37.5도 이상의 발열이 4일 이상 계속되면 의료 기관에서 검사 및 진료받을 수 있다는 '발열 4일간 규칙'을 만들었지만 나흘간의 자택 대기 중에 악화되어 사망하는 사람이 나온 탓에 여론의 분위기는 이 규칙이 이상하다는 쪽으로 흘렀다. 그러나 애초에 그렇게 정했기 때문에 4월 말까지 이 잘못된 검사 요건을 바꾸려고 하지 않았고 국회에서도 후생노동성 장관 가토 가쓰노부는 "오해가 있었다."라는 말로 얼버무리기만 했다.

정부가 신형 코로나를 '지정 감염증'으로 한 것도 마찬가지다. 유행하기 시작했을 때 당황해서 그렇게 한 것이지만 이에 지정되면 무증상인 사람도 증상이 가벼운 사람도 모두 지정 의료 기관에 입원 및 격리 조치를 당하므로 현장에 엄청난 부담이 걸린다. 게다가 유행이 확산되면 능력을 초과하게 되고 결국 의료 붕괴를 부를 수밖에 없다.

하지만 정부가 그렇게 결정하고 만 탓에 무증상인 사람에게 집에 돌아가도 된다고는 법률적으로 말할 수 없게 되고 말았다. 애초에 잘못된 결정을 했을 뿐 아니라 그 결정

을 유연하게 변경하는 시스템이 없는 까닭에 의료 현장은
이리저리 휘둘렸고 피폐해졌다.

책임 회피 시스템과 전례주의

이런 경우 현장에 더 많은 재량을 주는 쪽이 원활하게 돌아가지만 현장도 스스로 판단할 수 없는 일은 반드시 상부에 물어볼 수밖에 없다. 바로 위의 사람이 판단할 수 없으면 더 위쪽에 물어보고 그런 식으로 마지막에 무엇을 하는가 하면 법률적으로 적합한지 어떤지를 조사하고 법적인 문제를 해결하면 드디어 아래쪽으로 지시가 내려온다. 당연히 엄청나게 시간이 걸린다.

왜 현장의 재량에 맡길 수 없는가 하면 결국은 아무도 책임을 지기 싫어하기 때문이다. 위에서 말하는 것을 듣지 않고 현장 판단에 따라 행동을 하게 되면 실패했을 경우 자신의 책임이 된다. 그런 만큼 상부에 물어보는 것은 책임을 회피할 수 있는 시스템이기도 하다.

이런 시스템이라면 구급 의료 현장에서 비극적인 일이 일어날 수밖에 없다. 예를 들자면 급한 환자가 구급차에 실려 왔을 때 경험이 풍부한 구급대원은 "이 환자는 구급차 내에서 이런 처치를 하지 않으면 도중에 숨질 가능성이 있다."라는 것을 안다. 하지만 구급대원은 '구급 구명사'라는 국가 자격을 가지고 있는 경우는 많지만 의사 면허를 가지고 있는 것은 아니다. 어느 정도까지의 처치라면 가능하지만 그 이상은 불가능하다.

그런 까닭에 구급대원이 환자를 구하고 싶다면 향하는 병원으로 연락하여 그곳 의사의 지시를 받으며 처치해야 하지만 의사가 직접 하는 의료 행위가 아니므로 이 구급대원의 처치는 엄밀히 말하면 위법이 된다. 구급대원 덕분에 환자는 목숨을 건질지 모르지만 최종적으로는 의사가 아닌 사람이 의료 행위를 했다는 이유로 구급 대원은 처벌을 받을 수도 있는 것이다.

이래서야 자신이 처치하면 목숨을 건질 것이라는 것을 알아도 구급대원은 누구도 매뉴얼에 없는 구급 처치를 하지 않을 것이다. 재량을 주고 싶어도 구급대원은 지방 공무원이므로 관청의 윗사람이 "만약 환자가 죽어 고소라도 당하면 어쩌란 말이냐." 하고 자신에게 책임이 전가되는 것을 두려워해 인정하려고 하지 않는다. 역시나 책임을 회피할 수밖에 없는 시스템인 것이다.

2019년 태풍 19호로 인한 큰비 때문에 간토고신 지역과 도호쿠 지방에 있는 6기의 댐의 물을 방류하면서 불행한 일이 일어났다. 기록적인 호우로 댐이 저수량의 한계를 넘어 파괴될 가능성 때문에 긴급 방류가 결정되었지만 원래 긴급 방류는 하류에 대규모 수해를 일으킬 가능성이 있기 때문에 예외 중의 예외라 할 수 있다. 사전에 강우 예보로 저수량의 위험도를 판단하고 며칠 전부터 조금씩 방류해 댐의 수위를 낮추었다면 좋았겠지만 그것은 법적으로 불가능했다. 법령으로 댐의 저수량은 일정 이상을 유지해야 한다고 정해져 있기 때문이다.

　왜 댐은 저수량을 일정 이상 유지할 필요가 있는가 하면 바로 치수의 문제 때문이다. 댐을 통해 물을 공급받는 곳이 많이 있을 뿐 아니라 댐의 사용권이라든가 농업용수, 공업용수의 수리권 같은 여러 권리가 얽혀 있다. 큰비를 예상하고 사전에 댐의 물을 방류하면 이권을 쥔 쪽에서 여러 가지 불평을 말한다. 그렇다면 태풍이 올 때만 예외로 한다는 법률을 만들면 되겠지만 전례가 없으므로 불가능하다. 댐뿐 아니라 일본에는 이런 일이 비일비재하다.

　일본은 전적으로 책임 회피 시스템과 전례주의로 움직인다. 일본이 추락한 원인의 근본에는 이런 시스템을 조장하는 학교 교육이 있다고 생각한다.

금연 파시즘

광기라고밖에 표현할 수 없는 일본의 금연 규제에도 일본인의 가축화가 드러난다. 가축화되어 있으므로 자신의 머리로는 생각할 수 없다. 조금의 바람만 불면 그 바람을 타고 소수파를 배척하는 일만이 장기인 것이다. 특히 지금의 담배에 대한 비난은 이상할 정도로 이미 상식을 벗어났다는 생각이 든다.

담배를 피우는 사람의 비율을 나타내는 흡연율은 1966년 절정기 때 남성 83.7%에 달했지만 지금은 27.8%(2018년, JT 조사)로 성인 남성 전체의 30%도 되지 않았다. 완전히 소수파가 된 셈이고 반대로 담배를 피우지 않는 사람은 전체의 70% 이상을 차지하게 되었다. 비흡연자가 다수파가 되면서 앞으로 더욱 담배와 흡연자는 궁지에 몰릴 거라 예상된다.

이미 최후의 일격 비슷한 느낌인 개정 건강 증진법이

2020년 4월에 시행되었고 카페의 흡연 구역에서도 일반 담배는 피울 수 없게 되었다. 전자 담배는 어떻게 흡연 구역에서 아직 피울 수 있지만 이 역시 조만간 금지될 것은 뻔한 일이다.

얼마 전까지만 해도 아파트 베란다에서 담배를 피우는 아빠들을 반딧불족이라고 불렀지만 지금은 그런 짓을 하면 아파트 주민들이 난리를 칠 것이며 관리 규약으로 베란다에서의 흡연은 금지되어 있는 건물도 많다. 오피스 빌딩도 개정 건강 증진법에 따라 금연이다. 일을 하면서 필 수도 없는 것이다.

불편한 장소에 설치된 흡연 구역에서 피우는 수밖에 없지만 이 역시 코로나 긴급 사태 선언 중에 폐쇄된 것이 많다. 이미 이 세상에는 담배를 피울 장소가 거의 없어지고 말았다. 배싱이라고 하기보다 파시즘에 가깝다. 나는 담배를 피우지 않지만 너무 지나치다는 생각이 든다.

그러나 모든 사람이 담배를 피우지 않게 되면 어떻게 될까. 이 세상에는 많은 금연 단체와 금연 NPO 법인이 있지만 흡연자들이 없어지면 가장 곤란해지는 곳이 바로 이런 단체다. 담배를 피우는 사람이 있기 때문에 금연 단체가 존재하는 의미가 생긴다. 예전 국제 승공 연합이라는 반공

산주의 정치 단체가 일본 보수층을 파고들어 상당한 수의 자민당 의원들이 선거를 응원해주는 관계에 있었지만 공산주의의 세력이 약해지자 존재 이유를 잃었고 적어도 일본에서는 전혀 이름을 들을 수 없게 되었다. 담배를 피우는 사람이 사라지면 금연 단체도 승공 연합과 같은 운명을 걸 것이다. 금연 단체에서 가장 감사해야 할 사람은 흡연자들이라는 사실을 그들은 아직 모른다.

담배도 술도 건강에 아무런 악영향을 끼치지 않는다고는 할 수 없지만 예를 들어 담배는 피우면 마음을 안정시켜서 업무 효율이 올라가는 경우도 있고 담배를 피우는 덕에 정크 푸드에 손을 대지 않고 견디는 사람도 있다. 사소한 건강 리스크를 회피하는 것과 정신 위생상 안정을 얻는 것, 어느 쪽이 중요한지는 본인밖에 모를 거라는 생각이 든다.

조깅 붐을 일으킨 아버지로 잘 알려진 짐 픽스라는 미국 사람이 있었다. 체중이 100킬로그램이나 되는 거한이었던 픽스는 30대 중반부터 매일 15킬로미터를 달려 30킬로그램의 감량에 성공하였고, 자신의 체험을 『기적의 러닝』이라는 책으로 펴냈다. 이 책은 세계적으로 베스트셀러가 되었고 조깅 붐을 일으켰지만 지금으로부터 36년 전 픽스는 52세의 나이로 갑자기 사망하고 말았다. 조깅 중에 심근경색을 일으켰던 것이다.

픽스가 우리에게 알려준 교훈은 무엇이든 지나치면 좋지 않다는 것이라 생각한다. 건강에 좋다는 조깅 역시 그렇게 매일 달리면 심장에 부하가 걸린다. 반대로 건강에 좋지 않다고 비난받는 담배 역시 적당히만 피우면 딱히 아무렇지도 않다. 술도 마리화나도 뭐든 마찬가지다. 지금은 헬스가 붐인 모양이지만 바람이 부는 것에 따라 조만간 위험하다니 뭐니 하며 배싱당할지도 모른다. 일본인뿐 아니라 현대인은 그런 점에 있어 정말로 극단적이다.

마이너리티는 출세할 수 없다

집단 괴롭힘은 좋지 않지만 "모두 사이좋게 지내자."라고 하는 것도 그다지 바람직하지 않다는 생각이 든다.

"모두 사이좋게 지내자."라는 말은 그 자체가 다수파에 의한 단일 가치를 강요하는 것으로 오히려 집단 괴롭힘을 낳는 거대한 토양이 될 수 있다. 학교에서도 사회에서도 역시 자신과 마음이 맞는 사람이 있을 것이고 근본적으로 마음이 악한 사람도 있다. 인간이 단체를 만들면 집단 괴롭힘의 싹이라는 것은 항상 어디엔가 존재하기 마련이므로 가능한 그 싹을 키우지 않도록 노력하는 수밖에 없다.

이 집단 괴롭힘의 싹이란 무엇인가 알아보자면 이와타 겐타로는 '공기'라고 했다. 그는 코로나의 유행 초기 여객선 다이아몬드 프린세스호에 파견되었다가 오히려 공포를 부채질했다고 꽤나 배싱당했지만 그 직후 출간한 『내가 발견한 이지메를 극복하는 방법 : 일본의 공기, 체질을 바꿔라』

라고 하는 책에서 그렇게 지적하고 있다.

이와타 겐타로는 어린 시절 집단 괴롭힘을 당했다고 고백했지만 의사가 된 뒤에도 학회로부터 괴롭힘을 받은 모양이었다.

학회가 열리는 회장에는 보통 출입구에 회원의 책을 진열해 판매하지만 어느 날 그의 책과 그가 띠지 글을 쓴 책만 전시되지 않았다. 이상하게 생각하고 알아보니 그 대회의 대회장이 "이와타의 이름이 붙은 책은 전시하지 말 것" 하고 지시를 내린 모양이었다. 어느 세계에서도 공기(분위기)를 통한 괴롭힘은 있다. 이와타 겐타로에 따르면 괴롭힘을 당하지 않으려면 분위기를 파악하지 않은 것이 가장 좋은 방법이지만 그게 힘들다면 차라리 분위기를 파악하지 못하는 흉내를 내는 게 좋다고 한다.

나 같은 경우 학회에서 주최하는 대회는 거의 나가지 않았다. 일본 생태회라고 하는 것이 메인 학회였지만 대회에는 아마 두 번 정도밖에 가지 않았다. 일본 곤충 학회는 딱 한 번 나갔을 뿐이었고 개체군 생태 학회에는 입회만 했을 뿐 한 번도 출석하지 않았다. 그러므로 학회의 높은 선생님들은 나를 개인적으로 알지 못한다. 개인적으로 알면 "저 녀석은 건방지다." 라는 말이 나올지 모른다. 정치력이 있는 선생님께 애교 있게 인사하면서 "어딘가 좋은 취직 자리 없을까요." 하고 부탁해서 진짜 신세를 지기라도 하면 그 선생님 앞에서는 머리를 제대로 들지 못할뿐더러 뜻을 거스르기라도 하면 귀찮은 일이 생길 것이다.

다른 사람과의 접촉을 최소한으로 줄이고 내 마음대로 행동하면 집단 괴롭힘을 당할 일도 없다. 예를 들어 초등학교에 열 명 정도의 그룹이 있다고 하자. 처음에는 모두 사이가 좋더라도 무엇인가 할 때 "나는 하고 싶지 않아."라는 말을 하는 아이가 있으면 그 순간 모두 얼어붙을 것이고 "저 녀석은 어딘가 다르네." 하고 집단 괴롭힘이 시작될 수도 있다.

단 신기한 것은 그것은 "나는 하고 싶지 않아."라고 말한 아이가 집단에 담고 싶어 하면 괴롭힘이 일어나는 것으로 "딱히 친구 같은 건 없어도 돼." 하고 집단에서 나가 자기 마음대로 행동하는 아이는 의외로 집단 괴롭힘을 당하지 않는다는 점이다.

그러나 자신이 원하는 대로 살기란 상당히 어렵다. 역시 나름대로의 능력과 담력이 없으면 잘 되지 않는다. 자신감이 없으면 아무래도 다수파에 붙고 싶어진다. 내 인상으로는 자신에게 자신감이 있는 일본인은 전체의 10%도 되지 않는다. 물론 그런 것도 능력이니까 어쩔 수 없지만 그래서 많은 일본인은 다수파에 가담한다.

자신감이 있는 사람은 소수파가 되는 일이 많지만 그중에서는 다수파가 되어 모두를 자신의 의지대로 움직이고 싶어 하는 사람도 있을 것이다. 어쩌면 자신의 의견뿐 아니라 정치가 같은 것이 되어 다양한 사람의 이해를 조정해주는 균형 잡힌 타입의 사람이 있을지도 모른다. 하지만 진정한 의미의 소수파는 정치가 같은 것은 되려고 생각하지 않을 것이다.

나 같은 인간은 "저 녀석은 이상한 놈이니까 어쩔 수 없다." 하고 모두들 포기하고 괴롭히지 않았지만 조직 내에서 출세하는 일은 절대 없다. 야마사키 도요코의 『하얀 거탑』으로 잘 알려져 있지만 대학 의학부는 움직이는 돈이 크고 학부장이 엄청난 권력을 가지고 있기 때문에 학부장 선거가 치열하고 야비한 다수파 공작이 일어난다. 역시 권력을 쥐는 것과 쥐지 못하는 것은 나중에 따라오는 돈이 완전히 다른 것이다.

그렇지만 그런 이야기는 소수파에게는 전혀 관계가 없다. 최근에 사망한 가토 노리히로는 메이지가쿠인대학에서 학부장이 될 수도 있었지만 "와세다에 오지 않겠냐."라는 권유를 받자 와세다로 갔다. 이유는 학부장이 되고 싶지 않아서였다고 한다. 나 역시 마찬가지다. 분위기를 읽지 못하면 집단 괴롭힘은 당하지 않지만 출세도 하지 못한다.

소수 의견을 존중한 예전의 자민당

다수파라고 해도 그 자체가 악인 것은 아니다. 한때(지금도 그럴지 모르지만) 일본 공산당은 대기업 그 자체를 악이라고 생각했지만 사실 중소기업이 선이라고 단정할 수도 없다. 이런 이분법적인 사고방식은 좋지 않다. 다수파가 좋지 않은 것은 자신에게 반대하는 사람을 숫자의 힘으로 탄압하기 때문으로 그 부분이 진정한 문제라는 생각이 든다.

가장 좋은 방법은 다수파가 이런 것을 하고 싶다고 말하고 소수파도 이런 것을 하고 싶다고 할 때 그 내용에 대해 일단 검토하고 "그럼 이 건에 대해서는 당신들 말이 맞는 것 같으니까 그렇게 합시다." 하고 다수파가 양보하는 것이다. 그렇게 하면 양자가 융합될 수 있다. 한때의 자민당에는 그런 면도 있었다. 야당이 이런저런 말을 하면 물론 전부는 아니었지만 시시비비를 가려 야당의 주장을 받아들이는 경우도 있었던 것이다.

그러나 지금은 그런 일은 전혀 없으며 어떤 수단을 써서라도 자신들의 주장을 강요한다. 그렇게 되면 소수파도 반대 자세를 강화하기 때문에 양자의 대립도 더욱 심해진다.

이런 구도는 힘의 관계가 역전되기라도 하면 꽤나 귀찮은 일이 벌어진다. 어떤 계기로 양자의 입장이 뒤바뀌어 소수파가 다수파가 되면 과거 다수파였다가 이제는 소수파가 된 사람들을 탄압할 수도 있다. 이는 세계사적으로 보아도 있을 수 있는 일이므로 숫자의 힘만 믿고 소수파를 괴롭혔다간 조만간 자신들에게 화가 미칠 수 있다.

극단적으로 표현하자면 아베 정권이 헌법을 개정하여 긴급 사태 조항을 신설하고 치안 유지법 같은 것을 만들어 소수파를 탄압하면 반미 독재 정권이 탄생했을 때 자민당과 관련된 사람들은 모두 체포되어 유죄 판결을 받을지 모른다.

그들은 자신들이 반영구적으로 정권을 유지할 수 있을 거라 생각할지도 모르지만 여론은 약간의 바람만으로도 금세 변하므로 정치 체제는 장래 어떻게 바뀔지 알 수 없다.

애당초 자민당 자체를 영원히 지켜주는 법률은 만드는 일이 불가능하다. 왜냐하면 법률은 특정된 누군가를 위한 것이 아니기 때문에 문구를 일반적으로 만들 수밖에 없기 때문이다. 그런 까닭에 본인들이 하고 싶은 일을 마음대로 하기 위해 정권에 강권적 힘을 부여하는 법률을 만들거나 했다가 체제가 뒤집히기라도 하면 자신의 목의 조르는 꼴이 된다.

관용이 없는 사회의 미래

다수파라는 사실 자체에는 문제가 없다. 그러나 다수파인 자신들이 반드시 옳다고 생각하고 막 나가면 정변이 일어났을 때 그런 일들이 모두 자신에게 돌아온다. 어떤 정권이든 반드시 끝은 있으므로 그때 본인의 안전을 지키기 위해서는 너무 지나친 일은 하지 않는 편이 좋다. 다른 사람에게 인정을 베풀면 반드시 내게 돌아온다는 말이 바로 이런 것이다.

차우셰스쿠는 약 사반세기 동안 루마니아에서 독재 체제를 유지했지만 마지막에는 자신에게 충성을 맹세했던 군에게도 배신당해 결국 혁명군의 손에 의해 공개 처형되었다. 북한도 권력 투쟁에서 진 사람을 사정없이 처형하고 있지만 조만간 자신들이 처형되는 날이 올지도 모른다.

그러므로 다수파는 소수파를 배려하는 관용이 필요한 것이지만 지금 일본 사회에서는 관용이 점점 사라지고 있다. 이는 사회 전체가 각박해지고 많은 사람이 자신의 삶에 만족하지 못하고 불만을 가지고 있기 때문인 것 같다.

어쨌거나 최저 임금이 낮지만 일단 지금은 어떻게든 먹고 살 수는 있다. 그런 생활까지 없어지는 것은 싫은 만큼 좀처럼 변화를 받아들이기가 힘들다. 무엇인가를 바꾸면 더욱 악화되는 게 아닐까 하는 공포가 있다. 역시 인간은 굶는 것이 가장 힘든 일인 것이다.

정부는 지금 특별 정액 급부금이니 지속화 급부금이니 해서 상당한 금액의 돈을 뿌리고 있는 것을 보면 이 때문에 하이퍼 인플레이션까지는 가지 않아도 엄청난 인플레이션만 되지 않는다면 정부가 돈을 계속 찍어내도 괜찮다는 뜻이 된다. 그렇다면 최저 임금을 50% 정도 올리고 기업이 낼 수 없는 금액은 국가가 부담하는 것은 어떨까. 예를 들어 도쿄의 최저 임금은 현재 1013엔이지만 1520엔으로 정하고 50% 늘어난 만큼은 국가가 책임지자는 것이다. 오키나와는 지금 790엔이고 그중 50%는 395엔이므로 1185엔으로 올리고 차액은 국가가 내면 된다.

이 정도는 하지 않으면 계속 생활은 어려워질 것이고 패기가 없는 지금의 일본인이라 할지라도 에도 시대의 봉기나 약탈 같은 폭동이 일어날지 모른다. 그렇게 되면 엄청나게 가혹하게 탄압하지 않으면 폭동을 제지할 수 없을 테니 어려운 일이 된다. 이런 사실을 인식하고 있는 다수파는 과연 존재할까?

제**4**장

자기 가축화하는 현대인

'건강'을 대의명분으로 국민을 컨트롤

현재의 일본은 일단 민주주의 국가인 것으로 되어 있다. 민주주의는 '국가의 주권이 국민에게 있다.'고 생각하는 정치 체제이므로 원칙적으로는 독재 국가처럼 권력을 이용해 국민을 억지로 국가에 따르게 할 수 없다.

태평양 전쟁 전의 일본은 국가를 통치하는 천황이 주권자인 절대주의적 천황제였기에 국민을 군수 공장에서 일하게 한다든지 강제적인 징병제를 실시한다든지 낳아라, 불려라 하고 여성에게 출산을 강요하는 일이 가능했다. 그렇게 모든 법률을 동원해 국가를 위해 일해라고 국민을 독려했다.

이는 사실상 국민을 가축으로 보는 것과 마찬가지였다. 당시 일본 국민은 노예 비슷한 존재였던 것이다. 하지만 아무리 겉모습뿐이라고 해도 지금처럼 민주국가가 되면 권력자는 명확하게 국민이 싫어하는 일이나 국민에게 손해를 끼치는 일은 할 수 없게 되었다.

그 이유로는 권력 구조가 복잡해지면서 누가 최고 권력을 가지고 있는지 잘 보이지 않게 되었다는 사정도 있다. 지금은 정치권력을 가지고 있다고 해도 옛날처럼 엄청나게 좋은 일이 생기는 것이 아니다. 예를 들어 아베 신조는 일본의 '최고 권력자'지만 그 때문에 본인 자신이 엄청난 부를 축적했냐고 하면 그렇지도 않다는 것이다.

돈을 버는 것은 미국을 맹주로 하는 자본주의 세계 시장에서 활동하는 기업이다. 글로벌 캐피털리즘의 주역이 정치 권력자를 보이지 않게 조종하고 있다. 정치 권력자도 글로벌 캐피털리즘이 돈줄이 되기 때문에 거역할 수 없다. 그러므로 정치 권력자는 결국 그들이 돈을 벌 수 있도록 국민을 컨트롤하는 정책을 진행하게 된다.

정치가는 그로 인해 국민에게 다양한 거짓말을 하고 무책임한 말을 한다. 단 옛날처럼 억지로 따르게는 할 수 없게 되었으므로 가능한 국민이 받아들이기 쉬운 정책을 꺼내 국민 스스로가 원하는 것 같은 형태로 해야만 한다.

그때 가장 좋은 대의명분이 되는 단어가 '안전', '환경', '건강' 같은 것이다.

인간은 죽고 싶지 않다는 생각이 엄청나게 강한 동물로

영원히 건강하고 싶다는 소망을 가지고 있다. 예를 들어 어느 정도 성공을 거둔 자수성가형 사장이 있다고 하자. 지금까지 방탕한 생활을 했다고 해도 생활 습관병에 걸려 의사가 술과 담배를 끊으라고 권하면 바로 따른다. 그쪽이 건강하게 장수할 수 있다면 순순히 의사의 말에 따르는 것이다.

안전이나 환경, 건강과 관련된 듣기 좋은 정책을 꺼내면 국민도 자신에게 손해 보지 않는 이야기 혹은 이득이 되는 이야기라고 생각한다. 또 그 정책에 반대하기 어려운 분위기가 사회에 만들어진다. 최근 가장 언급이 많이 되는 테마는 이산화탄소의 인위적 배출에 의한 지구 온난화 문제다.

같은 환경 문제라도 "생물 다양성을 지키자."라는 이야기는 사람들이 그다지 반응하지 않는다. 종의 다양성은 인간의 생활에 많은 혜택을 주지만 그것을 지키는 일이 자신의 건강과 안전에 어떻게 관련된 것인지는 잘 감이 오지 않는다. 솔직히 아무래도 상관없는 문제 아니냐고 생각하는 사람이 대부분일 것이다.

이에 비해 지구 온난화는 이산화탄소 배출로 지구의 기온이 계속 상승하게 되면 이상 기상이 발생하고 최종적으로는 당신과 당신의 자손의 생존이 위협받는다 하는 협박 비슷한 스토리가 있다. 많은 사람들이 그렇게 믿기 때문에 이산화탄소 배출량 삭감을 위한 정책은 받아들이기 쉽다. 그런 까닭에 야당도 법안을 반대하지 않으며 국민으로부터 반대의 목소리도 거의 들리지 않는다.

하지만 그 배경에는 이산화탄소 권리로 엄청난 이익을 얻는 대기업의 존재가 있다. 우리 주변만 살펴봐도 암 검진이나 건간 진단은 사실 전부 '건강'을 구실로 하는 이권에 불과하다.

그렇게 '환경'과 '건강'을 대의명분으로 삼음으로써 많은 국민은 권력에 컨트롤된다. 그것도 자진해서 관리받고 있다. 제2장에서 클레이머 이야기를 했지만 무엇인가 곤란하면 클레임을 제기하는 수밖에 없게 되는 것은 결국 현대인이 가축화되고 있기 때문이다.

독일의 인류학자 E. 아이크슈테트는 1930년대 '자기 가축화' 현상이라는 개념을 제창했다. 원래는 신체적 특징에 대한 이야기였지만 지금은 정신적인 자기 가축화 쪽의 문제가 크다. 현대인은 정말로 정신적 자기 가축화에 박차를 가한다. 2차 세계 대전 전은 국가에 의한 국민의 가축화였지만 지금은 국민들이 스스로 가축화되고 있다. 하지만 여전히 많은 사람들은 본인이 자기 가축화를 추진하고 있고 자본주의에 속고 있다고는 조금도 생각하지 않는다.

인위적 지구 온난화설이라는 거짓말

　어떻게 속고 있는지 알기 위해 인위적 지구 온난화에 대해 잠시 이야기하겠다.

　인위적 지구 온난화가 근거가 부족한 이야기라는 사실은 상당히 오래 전부터 명확했지만 지구 온난화가 진전되고 있다고 믿어 의심치 않는 사람은 놀라울 만큼 많다. 예를 들자면 2019년 태풍 15호와 19호가 연이어 동일본을 강타하고 2020년 7월에는 구마모토현 남부를 중심으로 기록적인 폭우가 쏟아졌지만 이런 피해가 나오는 것은 인위적 지구 온난화 때문이라고 주장하는 사람이 많이 존재한다.

　아무리 증거를 들어가며 "인위적 지구 온난화는 의심해 보는 편이 좋을 겁니다."라고 해도 트위터에서 매도하는 발언을 쏟아내는 사람이 있으며, 아사히 신문이나 NHK 같은 언론 또한 지구 온난화라고 하는 신흥 종교의 신자가 된 듯하다. 구마모토의 호우에 대해서도 지역 신문인 니시니

혼 신문이 "지구 온난화가 진행되어 지금까지의 재해 방지 상식이 통용되지 않게 되었다."라고 보도했으며 국토교통성도 홈페이지에 '지구 온난화와 큰비, 태풍의 관계'라는 칼럼에서 "일본에 큰비가 내리는 횟수가 장기적으로 증가 추세에 있는 것은 지구 온난화가 영향을 끼치고 있을 가능성이 있다." 하고 근거도 없이 위기를 부채질했다.

기후 변동에 대해서는 1970년대까지는 지구의 한랭화를 걱정하는 견해가 일반적인 것이었고, 기상청의 예보관이자 기상 연구가였던 네모토 준키치도 『식어가는 지구』라는 책에 그렇게 적었다.

그러나 1988년 NASA(미국 항공우주국)의 기후 변동 분석팀 리더인 제임스 핸슨 등이 지구 온난화론을 주창하자 이를 계기로 온난화 위협론이 급격히 확산되었다. 어떻게 확산되었는가 하면 핸슨이 미의회 상원이 개최한 에너지 위원회 공청회에서 "최근의 이상 기상, 특히 더운 기상이 지구 온난화와 관계가 있는 것은 99%의 확률로 맞다."라고 발언하였고 그 반년 뒤 UNEP(유엔환경계획)와 WMO(세계 기상기구)는 IPCC(기후 변화에 관한 정부 간 협의체)를 공동으로 설립했다. 뿐만 아니라 1992년에는 국제 연합이 브라질의 리우데자네이루에서 지구 서밋을 개최했고 우리가 잘 아는 지구 온난화 방지 조약을 채택했다. 또 1997년에 개최된 제3회 교토 회의(COP3)에서는 교토 의정서가 채택된 바 있다.

그리고 2001년에는 클린턴 정권의 부대통령이었던 앨 고어가 『불편한 진실』이라는 책을 간행하여 온난화 위기를 부추겼으며 2015년에는 파리에서 제21차 유엔 기후 변화 협약 당사국 총회(COP21)가 개최되어 교토 의정서의 뒤를 잇는 파리 협정이 채택되었다. 이 파리 협정은 현재 지구 온난화 방지를 위한 국제적인 규칙이 된 상태다.

최근 온난화는 원전 추진파에게 "클린 에너지로서의 원전"의 선전을 위해 이용되기도 하는 등 마치 일반 상식인 것처럼 정착되었다. 언론도 기회가 있을 때마다 온난화 때문에 "태평양의 섬나라 투발루가 가라앉는다.", "북극곰이 멸종된다.", "여름에는 북극해 얼음이 전부 녹는다." 등의 이야기를 확산시킨다.

그러나 앞에서 이야기한 것처럼 인위적인 지구 온난화가 거짓이라는 사실은 분명하다. 온난화의 결정적인 증거라고 하는 것은 20세기 후반 이후 기온이 급상승 중임을 알리는 '하키 스틱'이라 불리는 그래프이지만 이 그래프는 조작된 것으로 밝혀졌다.

그래프를 만든 기후학자 마이클 만은 최근 들어 조작이라 비판한 캐나다 위니펙대학 교수 팀 볼에게 슬랩 소송(비판이나 반대 운동을 막기 위해 기업·단체·정부가 일으키는 일종의 겁주기 소송)을 제기했지만 만은 하키 스틱 그래프의 원천 데이터의 제출을 거부했고 패소가 확정되었다.

일본에서는 그다지 알려져 있지 않지만 하키 스틱 그래프의 위조는 해외에서 '기후 게이트(climategate) 사건'으로 큰 스캔들이 되었다.

인위적 지구 온난화가 거짓이라는 사실을 나타내는 증거는 그 외에도 있다. 영국 기상청과 이스트앵글리아 대학 CRU(기후 연구 유닛)는 지구 온난화는 1997년 멈추었고 21세기에 들어와서는 오히려 지구의 온도가 평균 0.07도 정도 떨어졌다는 데이터를 2012년 발표했다. 또 북극해의 여름 중 해수 면적은 최근 10년 동안 증가와 감소를 반복하고 있을 뿐 소멸될 조짐은 보이지 않는다.

게다가 투발루의 해수면은 지난 20년 이상 별 변화가 없고 북극곰은 멸종은 고사하고 지난 10년간 개체수가 30% 정도 증가했다. 이렇게 거짓임이 분명한 언설을 지적하면 끝이 없을 정도다.

물론 인위적 지구 온난화론을 추진하는 사람들에 있어서

는 이미 온난화가 사실이건 거짓이건 상관없을 것이다. '환경' 같은 듣기가 좋은 말은 국민을 속이기 위한 대의명분으로 적합하기 때문에 환경 보호라는 정의의 깃발 아래 거대 자본으로 하여금 돈만 벌게 해주면 된다. 이미 인위적 지구 온난화는 과학이 아니라 정치적 아이템이 된 상황이다.

실제로 이산화탄소 배출량 삭감은 세계적인 권리가 되었으며 일본만 해도 연간 3조 엔이나 되는 세금이 투입되고 있다. 지구 온난화 대책세, 에코카 감세, 태양광 발전이나 풍력 발전 같은 재생 가능한 에너지에는 보조금이 투입되고 최근에는 해상 풍력 발전이 유행하고 있지만 바다 밑에 설치하는 송전 케이블과 바다 위에 설치하는 변전소는 대형 건설 회사의 이권 사업이 되어 있다. 이러한 이권을 감추기 위해 이산화탄소 삭감 같은 이야기를 하는 것이다. 과거 원전과 그야말로 똑같은 구조다.

건강 진단을 받아서는 안 된다

건강 진단도 마찬가지 이권이다. 전국의 기업과 학교에서는 매년 한 번 정기 건강 진단이 이루어지고 있다. 알고 있는 사람도 많을 거라 생각하지만 회사에는 건강 진단을 실시할 의무가 있고 종업원에게는 진단을 받아야 할 의무가 있다. 노동 안전 위생법에 의해 그렇게 정해져 있는 것이다. 벌칙도 있어 이 법을 위반하면 50만 엔의 벌금이 부과된다.

물론 건강 진단을 안 받았다고 해서 바로 벌금을 뜯기는 것은 아니지만 건강 진단 수진율이 낮은 기업에게는 관할 관청에서 시정 지도가 들어오는 모양이다.

하지만 나 자신은 건강 진단을 이미 오랫동안 받지 않았다. 국제교양학부 교수로서 와세다대학에 14년 동안 근무하고 있지만 한 번도 받은 적이 없다. 대학 쪽은 받으라고 말을 하지만 나는 계속해서 "받고 싶지 않다.", "차라리 잘라라." 하고 저항 중이다.

자주 다른 사람들로부터 "선생님 건강 진단은 받는 편이 좋습니다."라는 말을 듣기도 하고 술을 좋아하고 매일같이 마시는 만큼 "간이 쉬는 날도 있어야죠." 하는 말도 듣는다. 그러나 나는 이미 몇십 년이나 계속 마시고 있다. 얼마 전 재미로 계산해보니 1만 2150일 연속으로 마시는 중이었고 여전히 신기록을 갱신 중이었다. 약 33년 3개월. 사실 그 전에 딱 하루 마시지 않은 날이 있었는데 그것만 아니었으면 50년 정도는 되었을 것이다. 어떡해서든 2만 일까지 기록을 늘리고 싶어 계산해봤더니 93세까지 매일 마시면 그 기록에 도달하는 것으로 나왔다.

건강 진단 같은 것은 가능하면 패스하는 편이 좋다. 아무 증상이 없는데 매년 위 카메라를 먹거나 대장 내시경 검사를 하면 오히려 상태가 좋지 않아진다. 진단은 진짜로 몸의 상태가 좋지 않을 때 해도 충분하다는 것이 내 생각이다.

핀란드 증후군이라는 현상이 있다. 핀란드 보건국이 40~45세 남성 관리직 1222명을 대상으로 랜덤으로 절반인 612명에게는 1974년부터 5년간 의사가 정기적으로 건강 진단을 하고 필요에 따라 지도를 했다. 나머지 반수인 610명에게는 전혀 개입하지 않고 건강 관리는 본인에게 맡겼다. 그 뒤 1989년까지 15년간 추적 조사를 행해 사망한 사람을 숫자와 사인을 조사했다.

　평범하게 생각하면 의사에게 관리를 받은 그룹 쪽이 오래 살았을 것처럼 생각되지만 사실은 본인에게 맡긴 그룹 쪽이 사망자가 적었다. 관리를 받은 그룹은 15년 동안 67명이 사망했고 본인에게 맡긴 그룹에서는 46명이 사망했다. 특히 심질환으로 사망한 경우는 전자가 34명, 후자가 14명으로 관리를 받은 쪽이 유의미하게 많았다고 한다. 이후 의사에게 관리를 받는 쪽이 빨리 죽는 현상을 '핀란드 증후군'이라 부르게 되었다.

　요로 다케시(도쿄대 명예 교수)가 말했지만 도쿄대에서 건강 진단 수진율이 가장 낮은 곳은 의학부라고 한다. 의사는 건강 진단에 의미가 없다는 것을 알기에 가지 않는 것 아닐까.

의료 권리의 진상

왜 의미가 없는데도 의무인가를 이야기하자면 건강 진단으로 돈을 버는 사람들이 있기 때문이다. 건강 진단은 완전히 의료 이권이다. 해외에서의 대규모 조사 결과 검진을 받아도 받지 않아도 수명에 차이가 없다는 사실이 밝혀졌다. 그런 까닭에 기업에 건강 검진을 의무화한 선진국은 일본뿐이다. 미국에도 EU에도 그런 제도는 없다. 하기야 일본은 이제 선진국이라 할 수도 없지만 말이다.

건강 진단은 공짜가 아니라 건강 보험 혹은 세금 등에서 그 자금이 나온다. 당연히 이로 인해 돈을 버는 사람이 있으며 후생노동성의 외곽 단체나 낙하산 관료 등도 상당수 얽혀 있다. 애당초 아무도 건강 검진을 받지 않으면 의사에게 가는 사람이 큰 폭으로 줄고 매년 팽창하는 일본의 막대한 의료비도 억제될 것이 분명하다. 그런데도 왜 정부는 건강 검진의 의무화를 폐지하지 않는 것일까. 이유는 병에 걸렸다는 자각이 없는 사람까지 건감 검진으로 환자를 만들고 이를 통해 의료 자본을 형성하기 위함이다.

실제로 지금의 의료는 건강 진단 · 많은 검사 · 많은 약물이라고 하는 흐름으로 돈을 버는 시스템이다. 일부러 없는 질병이나 환자를 만들어내는 것이다.

예를 들어 건강 진단에서 고혈압이라고 진단받았다고 하자. 의사에 따라서는 약을 먹을 것을 추천하지만 과연 그래도 되는 것일까?

고혈압 기준치는 일본 고혈압 학회가 결정하는 것으로 현재의 기준치는 140/90mmHg이지만 1999년 이전의 기준치는 160/95mmHg이었다. 이런 큰 폭의 변경에 의해 1600만 명이었던 고혈압 추정 환자는 약 3700만 명으로 급증했다.

애당초 고혈압이 몸에 나쁘다고들 하지만 혈압이 높으면 수명이 줄어든다고 하는 데이터는 존재하지 않는다. 연령이 높아지면 혈압이 높아지는 것은 평범한 일이다. 그러나 의사는 건강 진단의 수치를 보고 "이대로는 뇌경색이나 뇌출혈, 심질환 등의 위험한 질병에 걸릴지 모른다."라고 말한다. "이대로는", "모른다"라고 하는 미래의 가정형 이야기로 위협하고 건강 진단, 많은 검사, 많은 약물이라고 하는 교묘한

함정에 빠뜨리려고 한다. 암 검진도 무증상일 때는 받든 받지 않든 해당 암에 의한 사망률은 차이가 없다.

역시 건강이라고 하는 것은 자본주의가 사람을 속이기 위한 하나의 커다란 테마가 되고 말았다.

의사는 일본인의 평균치와 차이가 나면 "이상이 있다."라고 말하지만 사실 사람마다 정상치는 다른 것이고 일본인의 평균치와 다르다고 해서 그 사람에게 이상 수치인지는 알 수 없다. 노인 중에는 전혀 검사를 받지 않아도 장수하는 사람이 있다. 그렇게 수치로 의사에게 속아 넘어가는 것만 보아도 일본인은 잘 속는다는 것을 알 수 있다. 특히 건강 이야기를 꺼내면 간단히 컨트롤되고 만다.

자급자족이라고 하는 반항

반대로 권력자나 배후의 대기업에 속지 않기 위해서는 어떻게 하면 좋을지를 생각해보자.

자본주의의 발전은 원래 식민지와 깊은 관계가 있다. 식민지 시대는 정치적, 경제적 지배하에 둔 나라로부터 자원을 이쪽에서 저쪽으로 옮기는 일로 엄청난 돈벌이가 가능했다. 식민지의 노동 비용은 극히 싸다. 그 싼 노동력으로 물건을 만들고 보다 높은 가격으로 팔 수 있는 곳으로 옮기면 지역 격차가 크면 클수록 그 차액에 의해 돈을 벌 수가 있다. 과거 서구 열강들이 그런 짓들을 했었다.

그러나 식민지 시대가 끝나고 대량 소비 사회가 되자 다른 방법으로 돈을 벌어야 했다. 지역 격차와 가격 차이가 크면 사는 사람이 적어도 비싸게 팔면 이익이 생기지만 사는 가격과 파는 가격의 차이가 적고 상품 하나당 발생하는 이익이 작으면 물건을 대량으로 팔아 전체적으로 이익을 올릴 수밖에 없다. 즉 대량 생산·대량 소비의 시대가 된 것이다. 그런 까닭에 소비 인구가 많은 중국이 자동차나 스마트폰 등 다양한 분야에서 세계 최대급 마켓이 된 것이다.

이런 경우 소비자들이 자급자족 생활을 하게 되면 자본주의는 곤란해진다. 대량 소비를 하지 않으면 글로벌 경제가 돌아가지 않기 때문이다.

예를 들어 어딘가 작은 지역 공동체들이 있고 각 공동체에서 쌀을 생산하거나 밭을 경작하여 가지, 토마토를 생산하고, 닭을 키우는 등의 일을 한다고 하자. 그래서 각자가 만든 것들을 교환하면 각 집단에는 야채를 잘 키우는 사람, 닭을 잘 키우는 사람, 물고기 양식을 잘하는 사람 등이 생기게 되고 각각 생산한 음식을 다른 음식으로 교환할 수 있게 된다. 물고기 한 마리와 토마토 다섯 개를 교환하는 것이다. 이렇게 한 사람이 행하는 '자급자족'은 '물물 교환'으로 이어진다.

이렇게 되면 어떤 일이 일어날까. 물물 교환을 하면 돈이 움직이지 않게 된다. 그리고 글로벌 캐피털리즘은 돈을 사용하지 않으면 무척이나 곤란해진다.

일본은 과소화 및 고령화가 진행되어 공동체의 유지가 어렵다. 존속이 위태로운 한계 집락이 많아 젊은이가 시골로 가면 공짜나 마찬가지 가격으로 토지와 집을 얻을 수 있다. 현재 전국의 한계 집락에 있는 NPO 법인 같은 곳에서는 젊은이들이 주체가 되어 새로운 시도를 시작하고 있다. 도시에서 온 젊은이 100명 정도가 모여 물물 교환을 하는 것이다. 닭을 키워 달걀을 얻는 사람, 돼지를 키우는 사람, 물고기를 양식하는 사람, 채소를 기르는 사람, 쌀농사를 짓는 사람 등으로 역할을 분담하면 물품을 교환할 때 돈을 사용하지 않아도 괜찮다.

한계 집락에서는 소형 트럭이 반드시 필요하지만 트럭은 몇 대인가를 구입해 모두 함께 공유하면 된다. 정보도 필요할 테지만 어디선가 인터넷 회선을 끌어올 수 있다.

전기와 수도가 없으면 불편하겠지만 산간 마을에는 깨끗한 물이 많은 만큼 여과하거나 정수하면 충분히 마실 수 있다. 물과 먹을 것이 있으면 인간은 살 수 있다.

이렇게 되면 누가 그 집락에 농작물을 사러 온다고 해도 아무도 싸게는 팔지 않는다. 친구와 교환해야 하므로 싸게 팔 수 없는 것이다. 게다가 팔리지 않아도 생활하는 데는 지장이 없으므로 싸게 팔 필요가 없다.

이런 생활 방식은 자본주의에 있어 무척이나 곤혹스러운 방식이다. 극단적으로 표현하자면 일본인의 절반이 이런 생활을 시작하면 국내 자본주의는 붕괴될 수밖에 없다. 자본주의는 싸게 매입해서 비싸게 파는 것이 기본이고 그런 행위를 반복해 이익을 창출하지만 이런 일들이 불가능해진다.

만약 정말로 한계 집락에 이주하는 젊은이들이 늘고 100명 규모의 집단에서 모든 생활이 성립된다면 아마도 정부는 물물 교환을 금지하는 법률을 만들 것이다. 금지하지 않으면 자본주의가 돌아가지 않고 언젠가 자본주의가 멈추어 설 것이기 때문이다.

이때 정부는 반드시 무엇인가 대의명분을 만들어낼 것이 분명하다. 무엇이든 농작물 하나를 타깃으로 삼아 그 농작물이 식생활 안전 관점에서 위험하므로 후생노동성 관할 기관에서 검사를 마칠 때까지 물물 교환은 인정할 수 없다고 했다가 식품 위생법을 개정하거나 해서 물물 교환을 금지할 것이다. 안전과 건강을 대의명분으로 다른 사람을 컨트롤하려고 하는 것이다.

권력과 거대 자본에 의한 대량 소비의 함정

결국 권력의 컨트롤이라는 것은 국민의 자기 가축화와 떼놓을 수 없는 관계라 할 수 있다. 자립한 사회에서는 자본이 파고들 여지가 사라지므로 글로벌 캐피털리즘의 입장에서는 대단히 곤란하다. 일본은 GDP의 50% 이상을 국내 소비가 차지하므로 서민이 돈을 사용하지 않고도 생활할 수 있게 되면 자본주의는 망할 수밖에 없다.

그러므로 예를 들어 "옥수수가 많이 수확되었으므로 공짜로 나눠드립니다.", "그럼 저희는 가지를 드릴게요." 하는 식의 작은 집단에 의한 물물 교환이 국내에서 계속 확산되면 반드시 글로벌 캐피털리즘이 압력을 가할 것이다.

글로벌 캐피털리즘은 거대한 농원을 만든 뒤 값싼 노동력을 고용하고 그곳에 집중적으로 자본을 투하함으로써 이룬 대량 생산 및 대량 소비를 통해 이익을 만들어낸다. 옥수수와 관련된 이야기를 해보자면 일본은 가축 사료용, 시판 배합 사료용, 자가 배합 사료용, 옥수수 전분용 등의 원재료를 만들기 위해 연간 약 1600만 톤을 수입하고 있으며 이는 전 세계 유통량의 12%나 된다. 일본은 세계 최대 옥수수 수입국인 것이다.

특히 미국은 최대 수입 상대국으로 일본의 수입량 전체의 90% 가까이를 차지한다. 실제로 2019년 프랑스에서 G7 서밋(정상 회담)이 개최되었을 때 아베 신조는 미국의 트럼프와 미일 수뇌 회담을 가졌지만 그때 트럼프가 다음과 같이 아베 신조를 압박했다고 NHK의 웹 매거진이 전했다.

"미국에는 대량의 옥수수가 남아돌지만 중국의 불공정 무역으로 인해 곤란한 상황이다. 아베 총리가 옥수수를 구입하겠다는 이야기를 해주면 미국 농가에서 기뻐할 것이다. 이미 생산된 옥수수 수억 톤의 구입이 예정되어 있다고 공동 회견에서 간단하게 언급해줄 수 없는가."

어쨌거나 자본주의는 물건이 팔리기만 하면 된다. 먹느냐 먹지 않느냐는 관계없으며 무엇이든 상관없으니 팔리기만 하면 되는 것이므로 구입한 식재료를 남김없이 전부 먹는 사람보다 냉장고 안에서 썩히는 사람 쪽이 자본주의에 있어 바람직하다.

일본에서는 먹을 수 있는데도 버려지는 식품을 '식품 로

스'라고 하는데 일본의 식품 로스는 연간 612만 톤에 이르며 그중 약 절반은 가정의 소비자에게서 나온다고 한다.

식품 로스의 증가를 부추기고 있는 것이 '소비 기한'과 '상미 기한'이다. 소비 기한은 그날까지 소비해야 한다는 날짜고 상미 기한은 맛있게 먹을 수 있는 기준이 되는 날인 모양이지만 슈퍼나 편의점에서는 기한이 가까워지면 아직 먹을 수 있는데도 버린다. 요구르트까지 상미 기한이 있지만 이상한 냄새가 나지 않으면 상미 기한을 1주일 정도 지나도 문제는 없다. 도쿄농대의 고이즈미 다케오라는 발효학자는 낫토(콩을 발효시킨 전통 식품) 같은 경우 상미 기한에서 2년이 지나도 먹을 수 있다고 했다. '소비 기한'과 '상미 기한' 양쪽 모두 엉터리라는 생각이 들 수밖에 없다.

어쨌거나 기업은 이런 '규칙'을 만들어 대량으로 소비시키려 하고 있다. 그러므로 편의점에서 폐기되는 도시락은 양이 엄청나지만 그만큼 생산하는 기업은 돈을 버는 셈이므로 글로벌 캐피털리즘에 있어서는 좋은 일인 셈이다.

'고령화 사회'라고 하는 협박 문구

 소자화 및 고령화 사회도 국민의 불안을 부추겨 컨트롤하려고 하는 하나의 예다. 우리가 자주 듣는 이야기 중에는 1960년대까지는 한 사람의 고령자를 약 10~11명의 근로 세대가 먹여 살리고 있었지만 몇십 년 후에는 한 사람의 고령자를 1~2명의 사람이 먹여 살려야 한다는 것이 있다.

 2019년 10월 소비세율을 올릴 때도 같은 이야기가 나왔다. 고령화가 진행된 까닭에 사회 보장비가 3배로 불어났고 이대로는 아이들이나 손자 세대에 부담을 미루는 일이 될 것이므로 빨리 증세하지 않으면 안 된다고 정부에서 선전한 것이다.

 국민도 언론도 그 설명에 납득하여 증세에 반대하지 않은 것이라면 정말 멍청하다는 말 외에는 달리 할 말이 없다. 보기 좋게 정부에 컨트롤 당했다고밖에 할 수 없는 것이 소비세가 전부 복지에 쓰일 것이라는 말은 새빨간 거짓

말이기 때문이다.

나는 지금 73세지만 분명히 말해 우리 세대는 앞으로 20년만 지나면 모두 죽어 사라진다. 그렇게 되면 소자화는 어쩔 수 없겠지만 고령화 사회는 해결된다. 노인이 모두 사라지면 일본의 인구는 약 8000만 명. 세대 간의 균형도 적당한 느낌이 된다.

그렇게 되면 노인이 그렇게 많지 않은 안정적인 사회가 되므로 젊은 세대가 윗세대를 먹여 살릴 필요도 없게 된다. 20년만 인내하면 되는 셈이므로 억지로 인구를 늘리려고 할 것이 아니라 인구가 큰 폭으로 감소한 사회에 눈을 돌리는 편이 좋다.

만약 출생률이 올라 인구가 증가한다고 해도 일본인의 고용을 확보하는 것은 상당히 어렵다. 글로벌 경제 속에서는 일본인을 고용하는 것보다 기업을 인건비가 싼 해외로 옮겨 그곳에서 고용한 종업원으로 회사를 돌리는 편이 노동 비용을 억제할 수 있다. 앞에서도 언급했지만 자본주의는 그런 지역 격차를 이용해 성립되어 있는 것이다.

시니어 비즈니스는 다른 의미에서 심각하다. 노인 중에는 의식주에 부자유가 없고 좋아하는 일에 돈을 쓸 수 있는 정도의 재산이 있는 사람이 많지만 반면에 돈을 그다지 쓰지 않아 경제가 돌아가지 않는다. 그래서 일본에서는 고급 노인 홈 등 다양한 시니어 비즈니스가 등장하고 있다. 선내에서 코로나의 집단 감염을 일으켜 소동이 일어났던 여객선도 이용객의 태반이 노인이었다.

애당초 노인을 상대로 돈을 버는 것도 나쁘지는 않지만 그렇게 벌 수 있는 기간은 이제 20년밖에 남지 않았다. 이제는 앞날을 감안해 슬슬 철수하는 일을 생각해야 한다. 시장 그 자체가 소멸될 가능성이 있기 때문이다.

그중 가장 처치가 곤란한 것은 노인용 시설과 관계되는 일이다. 과거 고령화율이 일본에서 가장 높았던 아키다현에서는 지역의 고령화에 대비해 멋진 시설을 건설하고 그곳에 상당한 금액의 세금을 투자했던 때가 있었다. 하지만 노인 홈이라면 20년 후 지역 내 노인들이 사라지더라도 보수해 아파트 등으로 이용할 수 있겠으나 도서관이나 미술관, 박물관을 비롯한 다목적 홀 같은 시설은 만들어본들 처치가 곤란할 뿐이었다.

아키타현의 사례처럼 국가나 지방 자치 단체가 어떤 대의명분을 내걸고 건물을 지으려는 것은 사실 토건업계에 돈이 떨어지기 때문이다. 10여 년 전 일본 우정 주식회사는 거액의 적자를 내고 있던 전국의 '간포노 야도(숙박 및 보양 시설)'를 엄청나게 싼 가격으로 팔아 문제가 된 적이 있었다. 애초에 왜 간포노 야도 같은 것을 지었는지 의아하게 생각한 사람도 있을지 모르지만 결국 그것은 대의명분을 내세운 전시 행정의 실패를 의미했다.

도쿄 올림픽 역시 예전의 시설에서도 충분히 개최 가능했다. 그럼에도 굳이 새로 스타디움을 건설하는 것은 거액의 돈이 움직이는 올림픽 이권 때문이며 지금은 코로나의 영향으로 2021년 개최마저도 위태로운 상황이지만 만약에 "개최하지 않겠다"라고 말하게 되면 건설 공사도 모두 중지해야 한다. 그러므로 조직 위원회는 "한다, 한다" 하고 계속 말하고 있다. 그렇게 하면 최종적으로 중지가 되더라도 공사를 진행한 만큼의 돈은 건설사에 들어가게 된다.

그렇게 도움도 되지 않는 건물 건설에는 돈을 쏟아 부으면서도 정말로 필요한 사람에 대한 투자에는 좀처럼 자금이 돌아가지 않는다. 소자화 및 고령화를 이유로 소비세율을 올렸지만 결국 토건업계가 이익을 취하고 있는 꼴이다.

국민이 자기 가축화되면 모든 것은 이런 식으로 권력층이 원하는 대로 이루어진다.

검은 것을 하얗게 만드는 관료 조직

도쿄 올림픽의 건설 공사처럼 개최 중지가 될 가능성이 높은데도 한번 결정되면 끝까지 억지로 밀어붙이는 일이 권력 내부에는 자주 있다. 특히 그런 행동이 잘 보이는 존재가 관료 조직이다.

관료의 가장 큰 이권은 인허가권으로 해석이 애매한 법률을 미리 만들고 그 애매한 범위를 자신의 재량으로 넓히거나 좁히거나 한다. 예를 들어 내기 마작이 문제가 된 구로가와 히로무 전 검사장은 "움직인 금액이 거액이라 할 수 없다."라는 이유로 도쿄 지검에 불기소 처분되었지만 판돈이 얼마 이하라면 불기소가 된다는 말은 법전에 적혀 있지 않다.

구로가와 전 검사장의 내기 마작은 1000점을 100엔으로 환금해주는 '텐핀'이라는 규칙으로 1만~2만 엔 정도의 내기였다고 알려져 있지만 그럼 이 금액이라면 앞으로도 계속 체포되거나 기소되는 일은 없을 것이냐고 하면 또 그렇지도 않다. 같은 일을 저질러도 기소되는 사람이 있고 불기소되는 사람이 있으며 어떻게 선을 긋는가는 검찰이 정한다. 원래라면 "이런 경우는 전부 기소합니다.", "이런 경우는 기소하지 않습니다." 하는 가이드라인을 정해두면 편리할 것이다.

그러나 그런 짓을 하면 공소권(공소를 제기하여 재판을 청구하는 검찰관의 권리)이라는 검찰청의 권력이 사라지게 되므로 기소할지 말지 선을 긋기 애매한 부분을 일부러 만들어둔 것이다. 판단이 갈릴 만한 애매한 부분이 전혀 없고 처음부터 법률로 백인지 흑인지 확실하게 하면 관료가 나올 곳이 사라지기 때문이다.

또 한 가지 관료 조직의 특징은 권력자가 마음에 들어 하는 것을 법률을 통해 강제로 보호하거나 혹은 권력자의 마음에 들지 않는 것을 법률로 배제하기 위한 이유를 준비하는 것이다. 그렇게 권력자에 달라붙어 행동 대장 역할을 한다.

전자의 대표적인 예가 구로가와 전 검사장의 정년 연장을 억지로 가능하게 만든 검찰청법 개정안과 이산화탄소 배출 삭감을 목적으로 하는 지구 온난화 대책 추진법이다.

그리고 후자의 대표적인 예가 담배를 피우는 사람을 억압하는 개정 건강 증진법, 이시하라 신타로(정치인 겸 작가)가 도지사 시절 개정한 만화 및 애니메이션을 규제하는 청소년 건전 육성 조례 등이다.

어떤 법안도 개정이나 규제를 할 과학적·합리적 이유가 있는 것이 아니다. 하지만 그 합리적이지 않은 법안에 따르게 하는 것이 권력이기도 하다. 우치다 다쓰루는 "권력이란 무의미한 일을 강제하는 장치"라고 말한 바 있지만 이 말은 명언이라 생각한다. 무의미하다 해도 자신의 명령에는 따르게 하는 것. 그런 만큼 권력의 입장에서는 의미가 있든 없든 어느 쪽이든 상관없다. 어쩔 때는 대의명분조차 필요 없다. 문답무용이라고 할까.

실제로 지구 온난화 건에서는 정부의 대의명분을 뒤엎을 증거가 계속 나왔지만 그에 대해서는 아무도 대답을 하려고 하지 않는다. 아무리 이산화탄소 배출 삭감이 무의미한 일이라도 한번 결정된 일은 "반드시 할 것"을 요구하고 거기에 관료들이 알아서 움직인다.

이를 권력의 '무류성의 원칙'이라고 한다. 특정 정책을 성공시켜야 하는 책임을 가진 사람은 그 정책이 실패했을 때를 생각하거나 논의해서는 안 된다는 원칙으로, 정부나 관료 조직에서는 이것이 전제가 되어 있다. 나중에 잘못했다는 것을 알게 되더라도 잘못이 일어나지 않는다는 것이 전제가 되어 있으므로 어지간한 일이 아닌 다음에야 뒤집지 않는다. 특히 일본 조직에는 그런 특징이 있다.

최근 몇 년 동안 그런 장면을 몇 번이나 국회에서 볼 수가 있었다.

예를 들어 모리토모 학원 문제, 가케이 학원 문제, 벚꽃을 보는 모임 문제에서 아베 신조가 아무리 잘못된 말을 하고 상식 밖의 말을 해도 관료가 적당한 답변을 해서 속이려고 한다. 그런 시스템인 것이다.

관료는 조직에서 출세하고 싶으므로 역시 권력자에게 다가가게 되고 권력자가 대충 이야기하면 관료는 알아서 잘못을 봉합해준다.

예전에 요로 다케시가 이야기한 것이지만 어느 때인가 도쿄대의 큰 회의에서 총장이 "이 문장은 어떻게 해석하면 좋을까요?" 하고 법학부 위원에게 물었다. 그러자 그 사람은 "총장님이 어떤 식으로 해석하면 좋을지 말씀해주시면 그렇게 해석하도록 하겠습니다."라고 말했다고 한다. 윗사람이 검다고 하면 거기에 맞춰 해석을 하고, 윗사람이 희다고 하면 그렇게 작문을 만든다. 일본의 관료가 하는 일은 그야말로 그런 것이다.

도쿄대 법학부는 고급 관료를 양성하기 위한 곳이므로 교수도 그렇게 되는 것이 당연한 것인지도 모른다. 정답이 정해져 있는 문제에 대해서는 그게 왜 정답인지 설명하는 일에 무척이나 뛰어나다. 그런 사람이 고급 관료가 되는 것이다.

정치가가 생각하는 '민도'라는 것은?

　일본의 코로나 사망자 수가 미국이나 유럽보다 적은 것에 대해 재무대신 아소 다로는 다음과 같은 멍청한 말을 했다.

　"코로나 사망자가 많은 나라에서 무언가 특별한 치료제라도 있냐고 자주 전화가 오지만 당신네 나라와 우리는 민도의 레벨이 다르다고 말해주면 모두들 아무 말도 못 한다."

　언론이 소개한 이 말은 6월 4일 참의원 재정 금융 위원회에서의 발언이었지만 마이니치 신문에 따르면 사실 2월의 참의원 결산 위원회에서도 "미국 등 다른 나라와 비교하면 훨씬 일본의 자숙 쪽이 효과가 있습니다. 미국인한테 '우리는 민도가 높아서다.'라고 말했더니 웃더군요."라고 말했다고 한다.

　아소 다로는 정부가 하는 말을 듣지 않는 사람이 많은

나라는 민도가 낮다, 너희 나라는 국민들이 좀처럼 하는 말을 듣지 않지 않느냐, 그러니까 감염이 확대되는 거다, 라고 말하고 싶은 것이다. 그러나 정부가 하는 말을 듣지 않는다는 것은 자신의 머리로 판단하고 행동한다는 뜻이므로 그것은 자립성이 높다는 뜻으로 오히려 민도가 높다고 할 수 있다.

어쨌거나 아소뿐 아니라 정치가가 말하는 민도가 높은 국민이란 자신들이 하는 말을 얌전하게 잘 듣는 국민을 가리킨다. 즉 컨트롤이 잘되는 국민=국민의 민도가 높다, 라는 뜻이다. 학교에서 선생님이 하는 말을 잘 듣는 모범생은 민도가 높고 반항만 일삼는 불량 학생은 민도가 낮다고 말하고 싶은 것이다.

그러나 반항을 하고 학교를 찌지기도 하는 학생이 정말 민도가 낮은 것일까. 반항적인 학생은 자신의 판단하에 학교를 빠지고 교사가 하는 말을 듣지 않는 것이므로 자신의 머리로 생각하고 있는 만큼 민도가 높다고 생각한다.

예를 들어 유목민인 마사이족은 자국도 국경도 없다. 그런 가운데 마음 내키는 대로 살고 있다. 자신들의 힘만으로 모든 것을 하고 자립해서 산다. 그렇다고 민도가 낮다고 하면 마사이족은 분명 분노할 것이다. 당연히 민도가 높다.

한편 이번 장에서 몇 번이나 말했지만 현대인 특히 일본인은 자신의 머리로 생각하지 못하고 자신의 힘만으로 살아갈 수 없다. 정확하게 말하자면 사실은 자신의 힘으로 살아갈 수 있을지 모르지만 스스로 살아갈 수 없다고 생각하고 있는 것이다.

옛날 사람들은 자신의 힘으로 우물을 파고 채소를 재배하고 닭을 길러 그것으로 어떻게든 살아갈 수 있었다. 당연히 지진이나 홍수 같은 자연 재해가 발생하면 곤란했지만 마을 사람들이나 이웃 주민이 모두 모여 새로운 우물을 팠고 새 우물이 완성되면 모두 함께 환호했다. 그렇게 지역이 협력해서 살아왔다.

이런 생활에서는 마을 사람들의 따돌림이 가장 무섭다. 따돌림을 당하면 자신의 집 지붕의 볏짚도 다시 이기 어렵다. 그야말로 생사가 걸린 일인 셈이다. 현재는 이웃이 따돌려도 돈만 있으면 전혀 어려움이 없다. 그쪽이 귀찮은 인간관계가 필요 없어도 편하다고 말하는 사람도 많다.

자기 가축화에서 탈출하기 위해

일본의 촌락 공동체가 가진 전통은 공동체가 자립하기 위해서는 개개인이 혼자서 사는 것은 어려우니까 소수의 그룹을 만들어 어려울 때는 서로 돕는 것이었다. 그런 전통이 제2차 세계 대전 뒤에도 얼마 동안은 일본에 있었다. 나의 집도 초등학생 때까지는 가난했지만 우리 집뿐 아니라 주변 사람들도 모두 가난해서 저녁을 먹을 때면 "아, 간장이 없네." 하는 사태가 벌어지면 이웃에서 간장을 빌렸다. "죄송해요, 간장이 다 떨어져서요. 좀 빌려주시면 안 될까요." 하고 간장을 병째 빌려와서는 쓸 만큼 쓰고 "감사합니다. 잘 썼습니다." 하고 돌려주곤 했다.

또 전화는 지주의 집에만 있어서 누군가 전화를 하면 "이케다 씨. 전화 왔어요." 하고 부르러 왔고 아버지는 "감사합니다." 하고 급하게 뛰어나가곤 했다. 당시 지역 사회는 "무슨 일이 있으면 이쪽으로 전화해 날 찾으면 된다." 하는 공조 시스템이 있었고 지주도 그런 전화를 받아주는 것이 반쯤 의무가 되어 있었기 때문에 아무 문제가 없었다.

물론 상호 공조를 싫어하는 사람도 있겠지만 그런 시스템이 없으면 생활이 불가능했던 것이다. 현재도 젊은 세대 중에는 한계 집락으로 이주해 물물 교환 같은 상호 공조 생활을 하는 사람이 있다.

이는 권력 입장에서는 무서운 일이므로 가능하면 무엇인가 대의명분을 내세워 국민의 자립을 방지하려고 한다. 예를 들어 정부가 추진하고 있는 지역 재생 제도는 특산물의 개발과 관광 촉진 등을 골자로 하고 있는데 결국은 배금주의에 기반을 두고 있다. 돈을 벌기 위해 하는 것이다.

그런 방식으로는 가축에서 빠져나올 수 없다. 현금이 없더라도 살아갈 수 있기 때문에 자립인 것이고 그렇기 때문에 자립은 혁명적이다.

자기 가축화를 탈출하기 위해서는 자신의 힘으로 생활해 나갈 수 있는 시스템을 작은 집단 스스로 만드는 것이 가장 좋지만 많은 사람들은 돈을 버는 일이 자립이라 생각한다. 그래서는 자기 가축화에서 벗어날 수 없다.

그런 의미에서는 이미 절망적으로 민도가 낮다. 하지만 정치가 입장에서 보면 이렇게 컨트롤하기 쉬운 나라도 없다. 법률로 정해진 것도 아닌데 모두 정부가 하는 말에 고분고분 따르고 자숙 기간 중에는 대부분의 사람들이 외출을 하지 않았다. 나는 이미 나이가 많으므로 나가서 돌아다니지 않았지만 다양한 사정으로 돌아다니지 않으면 안되는 사람도 있다. 하지만 그렇게 돌아다니는 일이 좋지 않다는 정부의 말이 나오자마자 사람들이 돌아다니는 사람을 비난하는 것을 보면 정말이지 한심한 나라라는 생각이 든다.

제**5**장

분위기에 휩쓸리지 않는 사람이 되기 위해서

반대 정보에 더욱 주목하라

코로나 사태로 알게 된 것 중 하나는 외국에서 오던 사람과 자원의 이동이 조금이라도 정체되면 많은 사람의 생활이 어려워진다는 사실이다. 수입에 의존하던 물건은 시장에서 부족해지고 외국인 관광객들에 의존하던 관광 산업 역시 고난의 길을 걷고 있다.

예를 들자면 긴급 사태 선언 전후 슈퍼의 식품 코너에서는 밀가루 제품이 사라졌으며 그 후로도 한참 동안 품절 상태가 이어졌다. 일본이 밀, 콩, 옥수수 등 곡물을 수입하는 나라는 미국, 캐나다, 오스트레일리아 등이다. 글로벌 캐피털리즘의 논리에 따라 낮은 비용으로 대량 생산되는 밀과 옥수수는 농약이 많이 남아 있지만 국산보다는 엄청나게 저렴하다. 한때는 높은 관세를 매겨 국산품을 보호했지만 점점 세율이 낮아지면서 소득이 낮은 사람은 저렴한 수입 식품을 살 수밖에 없는 상태가 되었다.

이런 일이 계속되면서 일본의 농업은 점점 쇠퇴했고 식료품의 공급은 수입에 의존하는 것 외에는 방법이 없다. 하지만 이래서는 전쟁이나 식량 위기가 일어나면 많은 국민은 굶주림에 직면하게 된다. 그러므로 거대 농업 자본에 의존하기보다는 효율이 떨어지더라도 식량 자급률을 올릴 수 있는 시스템을 만들어야 한다. 경제 성장보다 식량 자급률 및 에너지 자급률을 올리는 쪽이 국가로서도 중요한 사항이다.

그렇다고 해서 마사이족 같은 생활로 돌아가라는 것은 아니다. 지금까지 반복해서 자립의 중요성을 이야기했지만 현실적으로 도시부에서 식료품을 자급하고 수도와 전기 등 인프라를 본인 손으로 구축하기는 어렵다. 인근의 공터에 마음대로 우물을 팔 수도 없는 일이고 전기도 만들 수 없으므로 자립을 하고 싶어도 할 수 있는 방도가 없다.

하지만 시스템을 바꾸려고 노력하는 일은 가능하다. 외국인 관광객에만 의존했던 것은 대다수의 사람들 수입이 적어져 놀러 갈 돈이 없었기 때문으로 일본인에게 놀러 갈 여유가 있으면 외국인에게 의존하지 않아도 국내 관광 산업은 성립된다.

이 말을 듣고 일본은 이미 돈이 없으므로 그런 일은 꿈 같은 소리다, 라고 생각했다면 이것이야말로 바로 자기 가축화에 따른 사고 정지라 할 수 있다. 한 줌밖에 되지 않는 인간이 부를 독점하는 글로벌 캐피털리즘의 시스템이 당연하다고 생각하기 때문에 불가능하다고 생각한다. 시스템을 바꾸면 이야기는 달라지는 것이다.

시스템을 바꾸려면 가장 먼저 한 사람 한 사람이 자신의 머리로 생각하고 움직여야 한다. 그러기 위해서는 많은 정보를 모을 필요가 있지만 그때 중요한 것은 '반대 정보에 주목하라.'라는 것이다. 지금이야 스마트폰이나 컴퓨터 등의 툴이 있고 대부분의 장소는 인터넷이 가능한 환경이므로 어떤 문제라도 어느 정도까지는 조사할 수가 있다.

하지만 많은 사람들은 자신이 궁금한 정보나 자신의 생각을 보충해줄 정보만 찾을 뿐 다른 것은 보려고 하지 않는다.

예를 들어 아베 정권에서 하는 짓이 옳다고 생각하는 사람은 계속 아베 정권의 정당성에 관한 정보만 인터넷에서 모으고 그것으로 자신의 생각에 대한 정당성이 증명되었다고 생각하는 일이 많다. 하지만 그것은 자신의 생각과 합치하는 정보만 모았기 때문으로 실제로는 완전히 반대의 내용이 적힌 정보 쪽이 많을 가능성도 있다. 그렇기 때문에 자신의 생각과는 반대되는 정보에 주목하는 일이 중요해진다.

무엇인가 알고 싶어 하나의 정보를 찾았다면 그것으로 자신의 생각이 옳았다고 단정 짓지 말고 다음에는 완전히 반대되는 내용의 정보를 찾아야 한다. 그런 작업을 하지 않으면 SNS를 사용한들 쓰레기 같은 정보에 놀아나게 된다.

다양성을 허용하라

정보의 취사선택은 사실 교육의 문제이기도 하다. 이 말은 정보를 사용하는 데 있어 필요한 도덕(모럴)을 배워야 한다는 것이 아니라 다양성을 배우는 일이 중요하다는 뜻이다. 일본의 교육은 정해주의로 정답이 정해져 있고 얼마나 빨리 정답을 찾는가를 중시했다.

하지만 다양성 중시는 완전히 반대되는 개념으로 아이들에게 정답이 있는 문제를 빨리 풀게 하는 것이 아니라 "이런 생각도 있단다.", "이런 방법도 괜찮아." 하고 스스로 생각하는 힘을 기를 수 있게 한다. 혹은 권력자와 관료들이 원하는 '모범생'을 강요하는 게 아니라 많은 사람과는 조금 다른 행동을 하는 학생에게 "넌 재미있구나."라고 하여 자유롭게 행동하도록 해주는 것이다. 쉽게 말해 일반적인 세상의 풍조에서 벗어난 좀 특이한 사람을 배제하지 말고 인정해줄 필요가 있다는 것이다. 하지만 실제로는 교과 학습

뿐 아니라 생활 지도에서도 권력자와 관료들이 원하는 '모범생'적인 모습이 강요되었다.

이런 모범생적인 모습 중 하나로 대학 입학식이나 취직 활동에서 흔히 보는 검은색 혹은 감색 양복에 하얀 셔츠라는 획일적인 복장이 있다.

2020년은 코로나 영향으로 그런 광경을 거리에서 볼 수 없었지만 매년 봄에 있는 입학식이나 취업 시즌이 되면 같은 색깔의 양복을 입은 젊은이들이 양 떼처럼 줄을 지어 거리를 돌아다닌다. 국제기독교대학의 학생 부장인 가토 에쓰코 교수는 2019년 입학식 후에 신입생의 99% 이상이 검은색 양복에 흰색 셔츠였다면서 어이가 없어 했다.

어떤 대학이든 입학식에 검은색 양복을 착용하라는 의무가 있는 것도 아니고 기업도 검은색 양복은 지정하지 않는다. 하지만 의무인 것도 아닌데도 대부분 모든 사람이 마이너리티가 되는 것을 피해 스스로 같은 복장을 한다. 이는 권력자에 따르는 것을 좋아하는 사람의 행동이다. 다수파에 속함으로써 '안심'을 얻는 무사안일주의에서는 시스템을 바꾸려는 등의 돌발적인 인간은 태어나지 않을 것이다.

1988년 서울 올림픽 전후였다고 생각하지만 당시 아직 도쿄대 교수였던 무라카미 요이치로를 비롯해 구로사키 마사오, 야마와키 나오시, 모리오카 마사히로 등이 참가한 다분야 횡단적 연구회가 정기적으로 도쿄에서 열렸다. 누군가 재미있는 사람은 없냐고 누가 물어서 고베대학교 연구원이 된 지 얼마 안 된 이론생물학자 군지 유키오를 추천했고 연구회에 오게 한 적이 있다. 군지 유키오는 당시 막 30세가 되었을 때로 지금처럼 '군지 페기오 유키오'라는 필명을 사용하지는 않았지만 이미 천재의 아우라가 빛나고 있었다.

한여름의 더운 날이었다. 군지 유키오는 반바지에 고무 샌들이라는 1960년대 히피 같은 모습으로 나타났다. 그 모습으로 신칸센을 타고 온 것인가 싶어 나는 조금 놀랐으나 군지는 그 당시 일본의 최고의 과학자로 인정받던 양복 차림의 무라카미 선생님을 눈앞에 두고도 수식을 구사하며 수리생명학 관련 화제를 끊임없이 이야기했다. 참가자의 대다수는 이해를 못 했을 거라 생각하지만 나는 당당하게 자신의 이야기를 하는 군지를 보고 "이 녀석 대물이군." 하고 혀를 내둘렀다.

반바지, 고무 샌들 차림을 보고 온화한 무라카미 선생님도 조금은 기분이 상한 것 같은 느낌이 들었지만 애당초 그런 것에 신경을 쓰지 않는 천재 군지는 강연 뒤에는 모두와 함께 화기애애하게 술을 마셨다. 그때 즈음에는 이미 무라카미 선생님도 다른 참가자도 군지 유키오의 복장 따위는 아무도 신경 쓰지 않았을 것이다.

이론생물학의 최첨단을 달려온 군지는 그 뒤 고베대학의 교수가 되었고 지금은 와세다대학의 교수로 있다. 반바지와 고무 샌들 차림으로 신칸센을 타는 사람은 교수로 쓰지 않는 편협한 사회였으면 군지의 재능이 묻혔을지도 모르겠다.

하지만 부모나 학교 등 주위에서 강요하는 모범생 같은 모습으로 계속 있어온 사람들은 이상한 행동을 해서 주위 사람들로부터 따돌림을 받는 것을 무척이나 두려워한다. 어쩌면 '왜 검은색 양복에 하얀 셔츠를 입어야 하는 걸까.' 하고 의아하게 생각한 사람도 있겠지만 가능한 다른 사람들과 같은 행동을 하려고 한다. 기업의 면접에서도 판에 박힌 듯한 '정답'만 계속 외쳤을 것이다.

이런 일들은 결국 많은 사람들과 같은 행동을 하는 편이 편하기 때문이다. 동일한 행동을 하면 자신의 머리로 생각할 필요가 없고 아무에게도 비난을 받지 않는다. 하지만 자기 가축화라는 것은 그렇게 자신의 머리로 생각하지 않는 것에서부터 시작된다. 그리고 언행도 복장도 모든 것이 획일적이 되고 다수파에 붙는 일에 아무런 의심도 하지 않게 된다.

마이너리티적 사고를 하라

다수파에 붙으면 편할지는 모르지만 재미도 없고 인생이 풍요로워지지 않는다. 역시 자신의 머리로 생각하는 일은 반드시 필요하며 그러기 위해서는 정보를 올바르게 조사할 하는 일이 중요해진다.

예를 들어 A와 B라는 대립되는 두 개의 의견이 있고, 세상의 많은 사람들은 A가 옳다고 말하지만 본인은 B가 옳다고 느낀다고 하자. 그럴 때면 우선 A에 관련된 정보를 모아 철저하게 공부를 해야 한다. 그런 다음 B와 비교하여 어느 쪽이 옳은가에 대해 더욱 심도 있게 생각해야 한다. 그 결과 어쩌면 A가 옳은 경우도 있을 것이고 역시 B가 옳은 경우도 있을 것이다.

고심한 끝에 소수 의견인 B를 선택한다면 그 사람은 일반인들이 볼 때 이상한 사람이 되는 것이지만 마이너리티라고 해서 결코 손해만 보는 것도 아니다. 그런 통계도 없고 어쩌면 폭언이 될지도 모르지만 다수파와 소수파 단순히 두 집단으로 나눈다면 소수파 쪽이 평균적인 IQ가 높을 거라 생각한다. 그러므로 소수파 쪽이 돈을 잘 버는 사람의 비율도 높다.

물론 글로벌 캐피털리즘에 의문을 품지 않는 다수파에도 엄청나게 머리가 좋은 사람은 많이 있겠지만 그들이 생각하는 것은 돈을 많이 버는 일뿐이다. 효율적인 경영을 위해 종업원에게 과중한 노동을 강요하고 눈에 보이는 성과를 올림으로써 자사의 주가를 보다 상승시키는 일만 생각한다. 그런 까닭에 아무 생각 없이 다수파에 붙어 있는다 해도 아주 일부의 사람 외에는 생활이 어려워진다.

아무 생각도 없이 다수파인 채 지내게 되면 70세까지 다른 사람 밑에서 계속 혹사만 당하는 미래가 기다리고 있다.

아베 정권은 '70세 취업 확보법(개정 고연령자 고용 안정법)'을 성립시켰고 이 법률은 2021년부터 시행된다. 다양한 노동 활동을 장려하고 있다고 선전하지만 간단히 말하면 연금의 재원이 파탄날 것 같으니까 노인에게 억지로 일을 시키는 것이다.

하지만 노인을 고용해 일을 시킨다고 해도 노인 중 대다수는 다른 사원과 일체가 되어 열심히 일해야 한다는 공업 사회에서 성과를 올린 방법밖에 모른다. 일본의 노동 생산성과 국제 경쟁력이 급속도로 저하되기 시작한 것은 IT 혁명이 일어나 기업의 경영 스타일이 크게 바뀐 1990년 중반부터다. 사원 모두가 개인용 컴퓨터를 가지고 노동 장소에 구속되지 않고 일할 수 있는 리모트 워크가 가능해졌다.

그 이전부터 노동 시간과 노동 장소를 구속하여 함께 일을 시키는 방법은 시대에 뒤처지는 것이 되고 있었지만 많은 기업은 종래형 노동 형태를 고집하여 정해진 시간에 출근해 사무실이나 공장에서 퇴근 때까지 종업원 모두가 일하는 방식을 바꾸려고 하지 않았다.

공업 사회에서 성과를 올린 방식은 이미 기업의 업적에 마이너스 요인밖에 되지 않는데도 많은 경영자들은 변화에 대처하지 못하고 회사에 충성을 맹세시키고 상명 하달에 철저한 방식만을 계속 고집한 것이다. 당연히 업적은 악화되었고 국제 경쟁력은 사고도적으로 저하되었다. 그럼에도 다수의 경영자들은 사원을 노예처럼 더 부리면 업적이 회복될 것이라는 방상에서 해방되지 못했다. 그리하여 결국은 일부 기업 아니 어쩌면 대부분이 블랙 기업화하고 만 것이다.

그렇게 변하지 못한 것은 경영자뿐 아니라 종업원도 마찬가지였다. 개성을 발휘해 회사 영업에 공헌하기보다 위에서 시키는 대로 열심히 하면 내 집을 사고 평균적인 행복을 얻을 수 있을 거라는 종래형 사고 패턴에서 벗어나지 못한 것이다.

그렇게 기업도 노동자도 하나가 되어 추락의 길을 걸은 것이지만 이런 사고 패턴에서 빠져나올 수 없는 것은 아까 이야기한 것처럼 교육의 획일화에 따른 병폐다. 자신의 머리로 생각하지 못하고 위에서 하는 말을 열심히 듣기만 하는 인재는 얼핏 경영자에 있어 부려먹기 좋은 것처럼 생각될지 모르지만 기업의 전력으로서는 완전히 불필요한 존재로 고용해본들 짐이 되는 경우가 많다. 구글 등의 기업을 보면 알 수 있지만 이노베이션을 가지고 오는 아이디어는 장소도 시간도 관계가 없다. 이미 단순한 근면은 평가받지 못하게 되었으며 얼마나 획기적인 아이디어를 내는가만의 승부가 되었다.

그런 시대에 다수파에 붙는 인간이 행복해질 거라고는 생각할 수 없다. 결국 단순 노동만 할 수밖에 없다. 그렇다면 어떻게 해야 할까. 다양한 의견을 인정하고 정보를 모아 취사선택한 뒤 자신의 머리로 생각해야 한다.

이를 다른 말로 표현하면 마이너리티적 사고를 하라는
것이다.

'모두 함께'는 오히려 위험

　다수파는 '모두 함께' 하는 일에 안심감을 느끼지만 다수와 같은 생각을 하고 같은 행동을 하는 것이 반드시 안전하다고는 할 수 없다. 그런 사례 중 하나로 동일본 대지진 당시 쓰나미에 휩쓸려 아동 74명이 목숨을 잃은 미야기현 이시마키시의 오카와 초등학교의 예가 있다.

　대지진으로부터 9년 반 정도가 지났지만 오카와 초등학교의 비극에 대해서는 많이 보도가 되었던 만큼 많은 분이 알 거라고 생각한다. 당시 초등학교 5학년생으로 기적의 생존자라는 이름으로 언론에 소개되었던 다다노 데쓰야 씨가 2년 전 닛케이 신문과 인터뷰를 한 적이 있었다. 그 인터뷰를 참고로 그날의 사건을 되돌아보겠다.

　지금도 건물은 그때 그대로 남아 있지만 오카와 초등학교는 미야기현 이시마키시의 기타카미가와라는 강 옆에 있다. 오후 2시 46분 지진이 발생했을 때 5학년 학생들은 종례 중이었고 마지막 인사를 하기 직전 몸이 붕 떠오를 정도의 엄청난 진동이 아이들을 덮쳤다.

아이들은 잠시 책상 밑에 숨었지만 금방 통학용 헬멧을 쓰고 교사의 지도에 따라 모두 운동장으로 대피했다. 추위와 여진의 공포로 울음을 터뜨리는 아이도 있는 가운데 시청의 홍보차가 높은 곳으로 피하라고 방송을 했다고 한다. 또 아이들 데리러 온 보호자 중 한 사람이 "쓰나미가 올 테니까 도망가라." 하고 소리를 쳤고 "산으로 도망가자." 하고 말하는 아이도 있었다고 한다. 운동장 바로 옆에는 아이들이 표고버섯을 재배하는 실습으로 오른 적이 있는 뒷산이 있었다.

하지만 쓰나미가 오기까지 50분 정도 시간이 있었지만 교사들은 뒷산으로 피할 것을 지시하지 않았고 아이들은 교정에 방치된 채 그대로 있었다. 왜 그들은 운동장에 계속 있었을까. 자세한 경위는 지금도 확실하지 않다고 한다.

겨우 대피를 시작한 것은 쓰나미가 오기 1분 전이었다. 그러나 피난 장소로 지시된 곳은 뒷산이 아니라 그와는 반대쪽인 기타카미가와 제방 가까이의 도로였다. 아이들이 줄을 서서 주택가 골목길을 걷기 시작했을 때 이미 쓰나미는 굉음과 함께 제방을 넘어 다가오고 있었다.

다다노 씨는 줄에서 빠져나와 혼자 뒷산으로 온 힘을 다해 달렸지만 도중에 탁류에 휘말렸다. 그리고 정신을 차려 보니 온몸이 흠뻑 젖은 채 산중턱에 쓰러져 있었다고 한다. 살아남은 아이는 다다노 씨를 포함해 네 명뿐으로 교사의 지시에 따르지 않고 스스로 판단했기 때문에 기적적으로 목숨을 건질 수 있었다.

나는 어린 시절 전쟁과 관련된 이야기를 아버지로부터 자주 들었다. 우리 집은 도쿄의 주택가에 있었지만 목조 가옥이 많아 화재가 발생하면 금방 타버린다. 그런 곳에 B29 편대가 도쿄 대공습 때 소이탄을 떨어뜨린 것이다. 당시 사용된 소이탄은 정확히는 유지 소이탄이라는 것으로 하나의 폭탄 안에 수십 개 이상의 육각형 쇠 파이프가 들어 있었다. 그 소이탄은 일정 고도가 되면 안에 있던 수십 개의 파이프가 산산이 분리되었고 지붕 같은 데 꽂혀서는 나무로 만든 집을 전부 태웠다.

그런 소이탄을 탑재한 B29가 오면 사방팔방으로 공습경보 사이렌이 울리고 모두들 "위험하니까 방공호로 들어가." 하고 큰 소리로 외쳤다. 하지만 그중에는 "나는 싫다."며 들어가지 않고 어딘가로 도망치는 사람도 있었다고 한다. 하지만 방공호 근처에 소이탄이 떨어지면 화재로 발생하는 연기에는 일산화탄소가 많이 포함되어 있으므로 밀폐된 구멍인 방공호에 있으면 산소 결핍과 일산화탄소 중독으로 죽고 만다. 그렇게 방공호 안에서 죽은 사람이 꽤 많았다고 한다.

싫다고 방공호에 들어가지 않았던 사람은 밖에서 화재에 휘말려 죽을 가능성도 있었지만 공기는 많이 있으므로 살아남았을 가능성은 케이스 바이 케이스로 어느 쪽이 높았을지는 알 수 없다.

즉 모두가 같이 커다란 배에 타고 있다고 안전하지만은 않다는 것이다. "다른 사람들과 함께 있으면 살 수 있다."라는 것은 일종의 신화 같은 것으로 전형적인 다수파의 행동 양식이다.

일본인은 "이쪽으로 도망가자." 하고 누가 말하면 모두 함께 가려고 하는 사람이 많지만 그 방향으로 도망가는 일이 정말로 안전한지 어떤지는 아무도 모른다.

분위기에 민감한 자숙 바보

　나는 어렸을 적 개구쟁이였던 까닭에 친구들과 짓궂은 장난도 많이 쳤다. 그러다 보니 자연스럽게 알게 된 것이 있다.

　장난을 치다 어른들에게 들키면 대장이 "도망가!"라고 소리치지만 그 "도망가!"라는 말은 모두 함께 도망가자는 뜻이 아니라 모두 뿔뿔이 흩어져 도망치라는 의미인 것이다. 그렇게 뿔뿔이 흩어지면 어른들도 누구를 쫓아야 할지 알 수 없어 순간 주저할 수밖에 없다. 반면 모두가 같은 방향으로 도망가면 오히려 일망타진될 위험성이 크다.

　예전부터 쓰나미 피해가 많았던 산리쿠 지역에서는 "쓰나미 텐텐코"라고 해서 예전부터 쓰나미가 오면 뿔뿔이 흩어져서 도망가라고 전해져 왔다. 텐텐코란 '각자, 제각기'라는 뜻이다. "쓰나미가 일어나면 가족이 같이 있지 않아도 신경 쓰지 말고 각자 높은 곳으로 도망쳐 우선은 자신의 목숨을 지켜라."라는 교훈이다.

이와테현 가마이시시 시내의 초등학교와 중학교에서는 이 교훈에 기반하여 재해정보학자인 가타다 도시타카 군마대 교수(현 명예 교수)의 지도 아래 8년간 피난 훈련을 계속받았다. 그리고 그 결과 동일본 대지진 때는 시내의 아동 및 학생 약 3000명이 거의 전원(생존율 99.8%) 무사했다고 한다.

지진이 일어났을 때 시내의 학교 중 한 곳이고 해안선으로부터 약 800미터, 해발 약 3미터의 강변 저지대에 있는 가마이시히가시 중학교의 부교장은 운동장에 나온 학생들에게 "피난소까지 달려라.", "인원 점검 같은 건 안 해도 된다."라고 소리쳤다고 한다. 일부 학생들이 뛰어가지 않고 운동장에 정렬하려고 했지만 교사들이 큰 목소리로 "도망쳐라.", "뛰어라." 라고 외치자 모두 피단소로 달려갔다고 한다.

하지만 피단소의 복지 시설은 표고 약 10미터에 위치해 있고 지진에 의해 뒤쪽 절벽이 붕괴될 것 같았다. 중학생들은 자신의 판단에 따라 더 높은 곳으로 이동할 것을 제안했고 그곳에서 400미터 떨어진 표고 30미터에 위치한 요양 시설로 초등학생들의 손을 잡고 대피했다. 그 직후 쓰나미는 20미터 높이로 덮쳐왔고 처음에 있던 복지 시설은 수

몰되고 말았다.

하지만 도시의 학교에서는 지금도 "모두 함께", "질서 있게" 같은 판에 박은 매뉴얼주의를 바탕으로 재해에 대비한 피난 훈련이 이루어지고 있다.

예를 들어 도쿄도 교육 위원회가 작성한 피난 훈련 안내서에는 반드시 지도해야 할 피난 시 기본적인 사항으로 "밀지 말 것", "뛰지 말 것", "떠들지 말 것", "되돌아가지 말 것" 등과 "여진의 위험성이 있는 만큼 지시가 있을 때까지 움직이지 말 것"이라고 되어 있다.

되돌아가거나 뛰거나 교사의 지시가 있을 때까지 움직이지 말라고 하는 이 매뉴얼을 진짜 지켰다면 오카와 초등학교의 다다노 데쓰야 씨는 살아남지 못했을 것이다. 가마이시시의 초등학생과 중학생 역시 쓰나미에 휩쓸렸을지 모른다.

뿐만 아니라 만약 아동 8명이 살해된 이케다 초등학교 사건의 범인 다쿠마 같은 사람이 흉기를 들고 침입하기라도 하면, 교사의 지시가 있을 때까지 책상 밑에서 움직이지 않고 있으면 절호의 표적이 되어 살해될 게 분명하다.

위기의 순간 모두가 같은 행동을 취하거나 규율을 중시하는 것은 리스크가 너무 크다. 분위기만 살피고 있다가는 죽고 말 테니까 스스로의 머리로 생각하고 행동하는 것이 정말 중요하다.

그런 의미에서 정부의 외출 자숙 요청에 90%의 국민이 따른 것은 "모두 함께니까 안심"이라고 하는 다수파의 행동 양식 그 자체이므로 정말 바보 같다는 생각밖에 들지 않는다.

AI의 올바른 사용 방법

원하든 원하지 않든 AI(인공 지능)의 진보로 인해 우리의 생활은 10년에서 20년 뒤 크게 바뀔 것이다. 그때가 되면 어떤 모습일까. 앞으로 AI는 무엇을 우리에게 가지고 올지 이야기해보자.

나는 아마존에서 책을 사지만 이용한 지 얼마 되지 않았을 때부터 "추천하는 책이 있습니다."라는 메일이 오게 되었다. 내가 과거에 샀던 책의 경향을 분석하여 구입할 것 같은 책을 재빨리 소개하는 것이다. 또 유튜브 역시 홈 화면에 '추천 영상'이라는 것이 있다. 뭔가 동영상 하나를 시청하면 그 동영상과 관련이 있는 다른 동영상도 표시해준다. 아마존과 마찬가지로 그 사람이 과거에 시청한 동영상 경향을 분석하여 이런 동영상도 있습니다 하는 식으로 유저에게 알려주는 것이다.

이때 AI는 이력이나 경향 등 이용자의 과거 데이터를 학습하여 발견한 특유의 법칙성과 패턴을 근거로 분석을 행한다. 이 과거의 데이터를 처리하기 위한 알고리즘(계산 가능한 절차)을 컴퓨터에 장착한 것이 컴퓨터 프로그램이다.

AI의 데이터 집적 능력과 계산 능력은 예전과 비교가 되지 않을 만큼 높아졌다. 그에 따라 기업의 상품 판매 전략도 변하고 있다. TV의 광고처럼 불특정 다수의 사람들을 향해 선전하는 것이 아니라 개개인에게 직접 호소하는 방법이 주류가 되고 있는 것이다.

편의점이나 슈퍼에서 실증 실험이 시작된 무인점포도 AI가 모든 데이터를 관리한다. 이 무인점포를 운닝했을 때 기업 쪽 메리트는 인원 부족 해소 및 점포 운영의 비용 삭감 등일 것이고 본격적으로 도입되면 계산원은 필요 없어질 것이다.

무인점포에서는 손님이 전용 어플리케이션의 2차원 코드나 카드형 전자 머니를 입구 근처의 기계에 대면 가게에 들어갈 수 있는 인증 시스템이 채용되어 있고 그 어플리케이션이나 카트로 상품의 바코드를 읽어 결제를 할 수 있다.

그 때문에 손님의 신원을 간단히 알 수 있으며 가게에서 어떤 행동을 하고 무엇을 구입했는지 등의 데이터를 쉽게 모을 수 있다. 어쩌면 조만간 입구나 가게 내의 전자 간판으로 아마존처럼 특정 고객에게 상품을 추천하게 될지도 모른다. 어떤 상품이 언제 어떤 속성의 사람에게 얼마나 팔리는지를 리얼 타임으로 알 수 있으므로 조만간 자동적으로 발주하는 일도 가능할 것이다.

한동안 진열대에 있었지만 많이 팔지 못한 상품은 AI의 판단에 의해 철거되기도 할 것이므로 마이너한 상품을 좋아하는 일부 사람에게는 반갑지 않은 사태가 벌어질 수도 있다.

또 과거 빅 데이터의 통계 해석으로 가게에 진열하는 상품과 양을 결정하므로 연령층이나 직업 등 손님의 층이 다른 지역에서는 상품의 진열도 달라진다. 물론 진열할 상품을 정확히 결정해주는 알고리즘이라는 것이 존재하는 것은 아니므로 운용하는 알고리즘을 바꾸면 매출도 바뀔 것이다. 좋은 알고리즘인지 나쁜 알고리즘인지는 매출액에 의해 검증되는 셈이다.

그 외에도 매출액을 좌우하는 요인은 많이 있으며 어떤 요인을 얼마나 중시하는가로 매출액은 달라진다. 평일과 휴일 상품 진열을 바꾸거나 일기 예보에 따라 바꾸는 등 그렇게 시행착오를 거치며 알고리즘도 진보하는 것이다.

일본식 장기에서는 과거 AI 소프트웨어인 '보난자'가 프로 기사에게 연전연승을 거둬 화제가 되었지만 지금은 컴퓨터에게 이기는 기사는 완전히 사라지고 말았다. 현재는 바둑, 장기, 체스 등 세 가지 게임을 다 할 수 있는 범용 소프트웨어 '알파 제로'가 등장하여 인간을 상대로 하지 않고 소프트웨어 대 소프트웨어의 전쟁을 반복하고 있다.

한편 기사들 사이에서는 분석이나 연구에 AI를 사용하는 것이 당연한 것이 되었고 과거 상식이었던 정석이 뒤바뀌고 있다.

이러한 사용 방법은 프로 야구에서도 이루어지고 있다. 어느 구장에는 십수 대의 전용 카메라가 설치되어 투수, 포수, 야수 등 각각의 선수가 지키고 있는 위치 데이터를 컴퓨터에 입력, 선수가 어떻게 움직이는지를 데이터화함으로써 수비와 주루, 견제구를 분석한다.

예를 들어 상대 팀 타자의 과거 데이터를 분석하여 수비진의 위치를 타자마다 바꾸는 일은 이미 일상적인 것이 되었다. 특정 상황에서 번트를 할지 강공을 할지 판단까지 AI가 행할 수 있다. 7회 초 공격이고 현재 2점 차인 상황이라든지 투수와 타자의 과거 상성 등의 데이터를 분석해 최적이라 생각되는 선택을 결정해주는 것이다.

야구는 물론 장기도 결정론적인 게임이 아니므로 항상

이기는 알고리즘은 존재하지 않는다.

하지만 과거의 빅 데이터 통계 처리 기술의 진보로 승률을 올릴 수 있다는 점에서는 아주 비슷하다. 어쨌건 야구나 장기에서 알고리즘의 좋고 나쁨은 승부의 결과로 판정될 것이므로 가장 좋은 결과를 내는 알고리즘이 가장 신뢰성이 높은 것이 된다.

이렇게 AI의 현 상태를 길게 설명한 것은 AI의 올바른 사용 방법을 알았으면 해서다. 야구나 장기뿐 아니라 아마존의 추천 메일도 슈퍼의 상품 진열도 알고리즘이 '결과에 의해 판정된다'는 점에서는 다르지 않다. 즉 공평하다는 것이다.

하지만 미국에서는 지금 절대 공평하다고는 할 수 없는 움직임이 시작되고 있다.

AI에 차별받는 사회의 도래

그 움직임이란 채용 활동에 AI를 사용하는 것이다. AI에게 지원자의 개인 데이터를 분석시켜 채용의 가부를 결정시키려 하고 있다. 이미 페덱스, 펩시, 이케아 등의 기업에서는 실제로 AI에 의한 채용 결정 시스템을 운용하고 있거나 테스트 중이라고 한다.

이러한 것들이 대체 무슨 문제냐 하고 생각할지도 모른다. 기업의 채용 활동에서는 그 사람의 학력이나 스킬뿐 아니라 유력자와의 관계며 고용주의 기호, 외모, 미국이면 인종 등의 요소도 더해져 상당히 자의적인 방법으로 채용을 결정하는 일이 있었다.

그런 면에서 AI라면 채용 과정에서 주관적인 요소가 배제되므로 보다 객관적인 기준으로 결정되지 않을까 생각하기 쉽다.

그러나 지원자를 채용할지 말지의 판단은 AI가 개인 정보라고 하는 과거의 데이터에서 알고리즘을 통해 이끌어낸 '추론'에 지나지 않는다. 그 판단이 유효한지 아닌지는 모든 것이 결정된 뒤에도 확인이 불가능하다는 근본적인 문제를 내포하고 있다.

예를 들어 AI에게 경마의 결과를 예측시켰다고 해보자. AI는 출주마의 혈통, 과거의 전적, 특징, 그 경주에서 기승하는 선수, 다른 경주마와의 비교 등 다양한 데이터를 분석해 특정 알고리즘에 근거하여 결과를 예측한다. 그리고 그 예측이 맞는지 틀렸는지는 말이 결승점을 통과해 레이스가 확정되면 그 순간 알 수 있다. 만약 예측을 틀리기만 하는 AI가 있다면 두 번 다시 사용하지 않게 될 것이고 보다 정교한 AI로 바꿀 것이다.

그러나 채용 결정 시스템에서는 운 좋게 채용된 사람과 운 나쁘게 채용되지 못한 사람이 AI라고 하는 블랙박스에 의해 결정되는 것뿐으로 그 결정이 옳은 것인지 아닌지는 알 방법이 없다.

뿐만 아니라 그렇게 결정을 한 알고리즘이 많은 기업에서 사용되면 채용이 되지 못한 사람은 어떤 회사에 지원하더라도 채용되지 못할 것이므로 취업의 기회를 박탈당하는 셈이 된다.

AI는 개인 정보에 기록된 연령, 성별, 살고 있는 장소, 다닌 학교 등의 항목에 각각 중요도에 따라 가산점을 더한다. 예를 들어 고급 주택지에서 태어난 사람과 빈곤층이 많은 동네에서 태어난 사람 사이에 가산점이 다르다면 다른 모든 요인이 동일하더라도 고급 주택지 출신의 지원자는 채용되고 빈곤층이 많은 동네 출신은 불합격되는 사태가 일어나는 것이다. 엄밀한 인과 관계가 아니라 상관관계에 의한 통계 작업을 하는 까닭에 '고급 주택지 출신'과 '높은 사회적 신용과 지성'이 강한 관련이 있다는 데이터가 있으면 AI는 그것을 결정 프로세스에 도입하는 것에 주저하지 않을 것이다.

그러므로 특정 국가의 인종적 소수파가 다수파보다 사회적인 신용이 낮다는 데이터가 있으면 AI는 그 데이터를 분명 고려할 것이다. 그런 일을 생각하지 않고 AI를 이용하면 사회적 격차가 고정하는 데 공헌하는 꼴이 된다.

실제로 미국에서는 AI의 채용 결정 시스템이 문제가 되는 사례가 나오고 있다.

예를 들어 아마존에서는 2018년 '여성에 차별적이다.'라는 이유로 AI를 사용한 채용 결정 시스템의 운용을 중지했다. 아마존에서는 과거 10년분의 이력서와 채용의 가부에 관련된 데이터를 입력하여 AI에게 학습을 시켰지만 과거 채용자 중에 남성이 압도적으로 많았던 까닭에 알고리즘이 'IT 계열 직종에 여성은 부적합' 하다고 판단한 것이다.

이렇게 해서 취직을 하지 못한 사람은 이 개인 데이터가 AI에 축적되므로 이전보다 취직이 더 어려워진다.

깜빡해서 카드 이용 대금을 입금하지 못한 사람도 마찬가지로 대출을 받지 못하거나 아파트를 빌리지 못하게 될 가능성이 있다. 그리고 그 정보가 AI상의 점수를 더욱 낮게 만든다. 그렇게 악순환이 계속되면 하류층에서 벗어나는 일이 극도로 어려워질 수도 있다.

글로벌 캐피털리즘의 붕괴

하지만 더 중요한 문제는 지금 사람이 하는 일을 조만간 AI가 대신할 것이라는 것이다.

옥스퍼드대학의 AI 연구원이 미국 노동부의 데이터를 근거로 "현재의 702개 직종 중 그중 47%가 앞으로 20년 안에 AI에 대체될 것"이라는 충격적인 논문을 발표한 것이 2014년이었다. 당시는 많은 사람들이 반신반의했지만 이제는 의심하는 사람이 거의 없다. "AI가 일자리를 빼앗는다."라는 말은 적어도 선진국에서는 거의 명백한 사실이 되었다는 것이다.

일을 잃게 되는 것은 슈퍼의 계산원 같은 단순한 업무만이 아니다. 매뉴얼에 근거해 데이터를 처리하고 결과를 내는 업무, 예를 들자면 세무사나 회계사 등 특히 '사' 자가 붙는 직업이 사라질 가능성이 높다. 의외일지도 모르지만 내과의도 AI에 대체될 것이다. 내과의에는 고도의 경험과 지식이 필요하지만 AI는 과거 빅 데이터의 통계 분석이 장점인 까닭에 환자의 혈액 검사 데이터와 환부의 화상을 통해 더욱 정확도가 높게 병명을 추리할 수 있다. 그 능력이 살아 있는 인간을 능가할 것임은 말할 것도 없다.

이는 장기의 프로 기사가 AI의 장기 소프트웨어에 연전연패 하는 것으로도 알 수 있다. 그러나 장기는 AI에 지더라도 일자리를 잃지는 않지만 질병의 진단 기술이 AI보다 떨어지는 내과의는 살아남기가 어렵다. AI에게 진단은 맡기고 환자의 고충을 들어주거나 앞으로의 생활에 대한 설계를 함께 생각해주거나 하는 내과의는 수요가 있을지 모르지만 이래서는 의사라고 하기보다 카운슬러 쪽이 가깝다.

또한 포털 사이트의 편집 스태프도 AI에게 대체되고 있다. 포털 사이트란 야후 뉴스처럼 외부 매체로부터 제공된 뉴스 기사를 장르별로 게재하는 거대한 미디어를 의미하는 것을 편집 스태프는 수집한 막대한 양의 기사에서 자사 사이트에 게재할 기사를 선택하고 독자의 흥미를 끄는 제목을 단다.

그러나 미국의 마이크로 소프트는 2020년 6월 자사 포털 사이트를 위해 고용한 수십 명의 편집 스태프와 계약을 갱신하지 않겠다고 발표했다. 기사의 취사선택할 수 있는 알고리즘이 거의 완성되었기 때문이라고 한다. 이처럼 어느 정도 전문저인 스킬이 필요했던 업무도 이미 AI로 대체되기 시작했다.

즉 살아남는 것은 매뉴얼에 없는 문제가 일어났을 때 임기응변으로 대처하지 않으면 안 되는 직업밖에 없는 것이다. 간병인처럼 살아 있는 인간을 상대로 하는 업무도 당분간은 괜찮을지 모르지만 범용형 AI가 등장하면 어떻게 될지 알 수 없다.

그렇게 되면, 가까운 미래에 평범한 직업을 가지고 있는 사람 중 절반이 일자리를 잃어버리게 되는 셈이지만 그 사람들은 대체 어떻게 하면 될까.

생각할 수 있는 방법으로는 경험이나 기능을 필요로 하는, AI가 대체할 수 없는 일자리로 이직하는 것이 있겠지만 30대까지라면 몰라도 중고년이 된 뒤 그런 기능을 익혀서 이직하는 것은 좀처럼 쉽지 않다. 그 사이에도 AI는 계속 진보해갈 것이다. 그렇게 되면 AI 이상으로 일을 할 수 있는 사람과 할 수 없는 사람 사이에는 소득 격차가 크게 벌어질 것이고 결국 10%의 부자와 90%의 빈자로 구성된 사회가 될지 모른다.

이런 사회가 되면 치안은 당연히 안 좋아질 것이고 폭동도 일어날지 모른다. 또 90%가 빈곤해지면 물건을 사는 사람도 적어진다. 아무리 기업이 싼 인건비로 대량으로 만들어 대량으로 팔려 해도 그 대량 생산된 제품의 대부분이 재고로 남게 된다는 뜻이다.

AI화는 선진국에서 시작되므로 처음에는 개발도상국에 물건을 파는 것으로 어떻게든 자본주의가 견딜지도 모르겠지만 개발도상국에서도 AI화가 진행되면 전 세계적 규모로 물건을 살 사람은 사라지게 된다.

그렇게 되면 기업 활동은 불가능해지고 글로벌 캐피털리즘도 붕괴 위기에 직면할 것이다.

AI와 자본주의와 기본 소득

만약 자본주의를 연명시키고 싶다면 무엇이든 제도를 만들어 AI에게 일자리를 빼앗긴 막대한 수의 실업자에게 생활의 보장을 할 필요가 있다. 나는 모든 국민에게 무조건으로 일정의 현금을 지급하는 기본 소득(basic income)이 가장 바람직한 방법이라고 생각한다.

기본 소득의 실현은 현실적으로는 사실 쉽지 않다. 특히 지금 같은 시스템에 적응한 사람들은 격렬하게 저항할 것이 틀림없다. 그러나 연금 제도를 운용하는 후생노동성의 관료, 건강 보험 제도로 돈을 벌고 있는 의사 역시도 AI화가 진행되면 일자리를 잃을 것이다. 현재의 시스템이 붕괴되는 것이 자명해지면 연금이나 건강 보험 제도를 지키는 일도 불가능해진다. 따라서 살아남기 위해서는 새로운 시스템을 구축해야만 하는 것이다.

기본 소득에 있어 가장 장벽이 되는 것은 재원이겠지만

그것은 하는 방법에 달려 있다고 생각한다. 국가가 지폐를 계속 찍어내는 것도 하나의 방법이지만 예를 들어 기업의 이윤을 자원으로 하는 방법도 있다.

AI화가 진행되면 예전보다 훨씬 적은 종업원으로 상품을 만들 수 있으므로 그만큼 가격을 내리지 않으면 기업의 이익은 막대해진다. 그중 80% 정도를 기본 소득의 자원으로 하는 법률을 만들어 기업으로부터 징수하면 된다. 기업 또한 사회에 돈이 돌지 않으면 상품이 팔리지 않으므로 곤란해진다.

이런 경우 몇 개의 규칙이 필요할 것이다. 우선 상품의 최저 가격을 설정해 그 이상 싸게 팔지 않게끔 해야 한다. 최저 가격이 없으면 기업들의 경쟁으로 점점 가격이 내려갈 것이고 기본 소득의 재원이 줄어들고 만다. 게다가 흑자를 담보하기 위해 임원의 보수와 종업원의 급료 역시 상한선을 설정하고 국민에게는 기본 소득으로 경제가 활성화되도록 기본 소득의 80% 이상을 소비에 돌리도록 의무화해야 한다.

간단히 말하면 가난한 사람과 기업 간의 상호 공조 시스템을 만들자는 것이다. 그러나 실제로는 아주 약소한 금액의 기본 소득만 국민에게 지급하고 그 외 수입이 없는 대부분의 사람은 시골로 이주해 자급자족 생활을 할 것이라는 것이 현실적인 근미래일지 모른다.

도시의 좁은 집에서 생활하는 것보다는 그쪽이 훨씬 건강한 만큼 의외로 시골에서 농업에 종사하는 사람이 늘어날지 모른다. 한계 집락에 가서 농작물이나 쌀을 물물 교환하면 어떻게든 살아갈 수는 있다. 지역의 평균 연령도 조금 떨어질 것이고 그렇게 되면 '한계' 집락이라고 부를 수 없게 될 수도 있다. 또 식량 자급률 또한 조금 올라갈 것이므로 의도치 않게 자립하는 일이 가능해질지도 모른다.

이 후기를 쓰고 있는 2020년 7월 19일 시점에 도쿄는 COVID-19의 '제2파' 감염이 확산되고 있다. 지금의 코로나 사태가 언제 어떤 형식으로 종식될지 혹은 상당 기간 종식되지 않을 것인지 미래의 일은 아무도 알 수 없다.

바이러스에 의한 팬데믹 중에서도 사상 최악으로 일컬어지는 스페인 독감은 1918년 시작되어 약 3년 뒤 종식되기까지 사망자가 최대 5000만 명에 이를 것이라 추정된다. 이번 팬데믹 역시 발생한 지 반 년 이상이 지나면서 전 세계 사망자는 이미 60만 명을 넘어섰다. 새롭게 인류에 달라붙은 바이러스(이머징 바이러스)에 대해서 인류는 면역을 가지고 있지 않으므로 특효약이나 백신이 개발되기까지는 많은 사람들이 감염과 죽음의 공포에 노출된다.

신형 코로나 바이러스는 그 성질이 차츰 밝혀지면서 지

금까지의 바이러스와는 상당히 다른 신기한 바이러스라는 사실을 알게 되었다. 단 성질은 알고 있지만 왜 그런 성질을 가지게 되었는지는 아직 알 수 없는 부분이 많으며 그 부문을 알지 못하면 올바른 대처 방법도 알 수 없다. 대처 방법을 모르면 사회의 혼란은 이어질 것이고 포스트 코로나라는 미래상을 상상하기도 어렵지만 지금은 최선에서 최악까지의 몇 개의 시나리오를 가정하여 포스트 코로나 사회의 러프 스케치를 제시함으로써 후기를 대신하려고 한다.

지금까지와는 다른 신기한 바이러스라고 앞에서 이야기했지만 우선 COVID-19에 감염된 사람의 사망률은 20대까지는 거의 제로에 가깝지만 30대부터 연령이 올라갈수록 점차 높아지며 60대부터 급격히 상승해 60대 2.5%, 70대 7%, 80대 이상 15%나 된다. 문제는 그 이유를 알 수 없다는 것이다. 일반적인 감염증이라면 유아와 고령자의 사망률이 높은 것이 보통이지만 COVID-19가 보이는 특이한 연령별 사망률은 연령이 높아지면서 동반되는 특정 유전자 손상이 그 원인일지도 모른다.

다음으로 신기한 것은 80%의 사람은 무증상이거나 경증이고 20%의 사람만 중증화된다는 사실이다. 혈액형이나 면역 관련 세포의 유전적 차이가 그 원인인 것은 아마도 분명하다고 생각된다. 참고로 혈액형이 A형인 사람은 O형인 사람과 비교하면 2배에서 3배 중증화되기 쉽다는 사실이 밝혀졌다. 운 나쁘게 사망한 사람의 사인은 대부분 사이토카인 폭풍이라 불리는 면역계 폭주다. 원래는 바이러스에 대항해야 하는 사이토카인(특히 인터루킨6)이 과도하게 분비되어 정상 세포가 공격받는 현상이다. 이 역시 발생하기 쉬운 사람과 그렇지 않은 사람 사이에는 유전적인 차이가 있을 것이 분명하다.

유전자 검사에 의해 중증화나 사이토카인 폭풍의 리스크 평가가 가능해지면 리스크가 거의 없는 사람은 안심하고 생활할 수 있게 되고 경제도 다시 기능을 되찾을 것이다.

서구나 남미와 비교했을 때 동아시아 각국의 인구당 감염률 및 사망률이 두 자릿수 정도 낮은 것도 신기하다. 무엇보다 일본은 감염 예방 방책의 초창기 대응에 실패하여 아시아 각국 중에서는 필리핀에 이어 인구당 사망자가 두 번째로 많았다(통계가 없는 북한은 제외).

BCG 접종률의 차이나 생활 습관의 차이도 다소 관계가 있겠지만 근본적인 원인은 혈액 세포(특히 면역 관련 세포) 유전자의 차이일 것이다. 서구와 비교해 적다고는 해도 사망한 사람이 있는 만큼 사이토카인 폭풍을 막는 특효약이라도 개발되지 않는 한 불안은 없어지지 않을 것이다.

이와 관련해서는 좋은 뉴스가 한 가지 있다. 만성 백혈병 치료약인 아칼라브루티닙(acalabrutinib)이 유효할지도 모른다고 한다. 사이토카인 폭풍만 막을 수 있다면 사망률은 현저하게 떨어질 것이므로 중증화와 사이토카인 폭풍을 막는 특효약의 개발이 기다려진다. 또 한 가지 좋은 소식은 유망한 백신 개발이 시작되어 2021년도에는 실용화될 전망이라는 것이다. 만일 그 백신의 효과가 강력하다면 사회는 금방 원래대로 돌아갈 것이다.

일반적으로 말하면 바이러스는 진화의 과정에서 마일드해진다. 도쿄가 제2파 공격을 받고 있다고 해도 사망자는 얼마 되지 않으며 앞으로 몇 주 지날 때까지 사망자가 증가하지 않는다면 바이러스의 독성이 약해질 가능성도 있으니 이 역시 좋은 뉴스라 할 수 있다. 단 돌연변이율이 높아지고 있으므로 다시 독성이 강해질 가능성도 있는 만큼 기뻐하기에는 아직 이르다 할 수 있겠다.

그에 비해 나쁜 뉴스로는 PCR 검사가 음성으로 나와도 관절통이나 권태감, 호흡 곤란 등의 후유증을 호소하는 사람이 적지 않다는 사실이다. 이러한 후유증은 사이토카인 폭풍과도 다소 관계가 있는 혈전증, 폐가 회복이 불가능할 정도로 타격을 받았을 때 발생하는 폐섬유증, 바이러스의 장기적인 잔존 등이 그 원인이라고 생각된다. 심한 후유증이 있다는 말은 결국 감염되지 않는 것이 가장 좋다는 뜻이지만, 유효한 백신이 만들어질 때까지는 예전과 같은 생활을 하기란 어려울 것이다.

또 한 가지 나쁜 뉴스는 발병 2일 정도 전의 무증상 환자가 가장 강한 전파력을 가지고 있고 병이 계속 발생하지 않는 불현성 감염자로부터도 감염될 수 있다고 한다. 그렇게 되면 유행이 잠잠해지지 않는 한 누가 감염자인지 알 수 없으므로 "사람을 보면 바이러스라고 생각하라."라고 하는 상황이 계속될 것이며 사회생활이 꽤나 무미건조해질 것이다.

여럿이 모여 대화를 하며 회식을 하는 것은 동물 중에서 인류만이 가진 문화이자 즐거움이다.

코로나 사태가 오래 지속되고 대면 커뮤니케이션이 제한되는 기간이 오래 이어지면 인류가 키워온 단결력과 공감

능력이 약해질 가능성도 있다. 보통은 그렇게 되어선 안 된
다고 생각하는 사람이 않겠지만 어쩌면 집단 괴롭힘 등이
사라져 꽤 좋은 사회가 될지도 모른다. IT와 마찬가지로 질
병도 인간의 감성을 바꾸고 세계를 바꾸는 것이다.

2020년 7월 저녁매미가 울기 시작한 다카오의 우거에서

이케다 기요히코

자숙을 강요하는 일본

2023년 8월 10일 1판 1쇄 발행

저　　　자 이케다 기요히코
옮 긴 이 김준
발 행 인 유재옥

본 부 장 조병권
편 집 1 팀 김준규 김혜연
편 집 2 팀 정영길 조찬희 박치우 정지원
편 집 3 팀 오준영 이해빈 이소의
편 집 4 팀 전태영 박소연
디 자 인 김보라 박민솔
라 이 츠 김정미 맹미영 이윤서
디 지 털 박상섭 김지연
발 행 처 (주)소미미디어
발행등록 제2015-000008호
주　　　소 서울시 마포구 토정로 222, 403호(신수동, 한국출판콘텐츠센터)
제 작 처 코리아피앤피
영　　　업 박종욱
마 케 팅 한민지 최원석 박수진 최정연
물　　　류 허석용 백철기
전　　　화 편집부 (070)4164-3960, (070)8822-2302 기획실 (02)567-3388
　　　　　판매 및 마케팅 (070)4165-6888, Fax (02)322-7665

ISBN 979-11-384-7932-5 (03830)